novum pocket

Hans Walder

Amor und Aphrodite

Erotische Liebeskunst und
Spiritualität in den Weltkulturen

novum pocket

Bibliografische Information
der Deutschen Nationalbibliothek:

Die Deutsche Nationalbibliothek
verzeichnet diese Publikation in der
Deutschen Nationalbibliografie.
Detailierte bibliografische Daten
sind im Internet über
http://www.d-nb.de abrufbar.

Alle Rechte der Verbreitung, auch
durch Film, Funk und Fernsehen, fotomechanische Wiedergabe, Tonträger, elektronische
Datenträger und auszugsweisen
Nachdruck, sind vorbehalten.

© 2021 novum Verlag

ISBN 978-3-99010-954-0
Umschlagfoto:
Olesya Kuzina | Dreamstime.com
Umschlaggestaltung, Layout &
Satz: novum Verlag

Gedruckt in der Europäischen Union
auf umweltfreundlichem, chlor- und
säurefrei gebleichtem Papier.

www.novumverlag.com

INHALTSVERZEICHNIS

Einleitung 7
Erotik in alten Kulturen 10
Frühe Erzählungen 15
Mythen der Afrikaner 22
Alter Orient 28
Liebeskultur in Israel 33
Hohes Lied der Liebe 36
Liebeskunst der Griechen 44
Mythen der Liebe 49
Erotische Kultur der Römer 56
Die Grosse Liebeskunst 61
Liebeskunst in Alteuropa 71
Liebeskultur in Indien 81
Lehren des Kama Sutra 89
Schulen der Liebeskunst 97
Erotische Kultur im Buddhismus 104
Erotische Kultur in China 110
Japanische Liebeskultur 118
Islamische Lebenswelt 125
Christliche Lebenswelt 130
Erotische Kultur in Europa 144
Erotische Spiritualität heute 153
Liebeskunst des Tantra 170
Erotische Lebenskultur heute 182
Erotische Meditationen 204
Literatur 214

EINLEITUNG

In diesem Buch soll über die erotische Liebeskunst in den großen Weltkulturen erzählt werden und wie sich diese Kunst in moderne Gesellschaften übersetzen lässt. Es geht um die gegenseitige Faszination der Geschlechter, um die Stärkung der Lebenkraft und um die Weitergabe des Lebens. Denn wir Menschen haben die Fähigkeiten, unsere biologischen Prozesse emotional zu vertiefen und geistig zu überhöhen. Daher haben unsere Vorfahren in der ganzen Welt großartige Kulturen des Liebesspiels entfaltet, von denen wir heute lernen können. Für die meisten Frauen und Männer ist die Kraft der Erotik das faszinierendste Geschehen im Leben, das uns von der Kindheit bis ins hohe Alter begleitet. Für religiöse Zeitgenossen wird darin die Urkraft des Göttlichen, des Heiligen und des Ewigen erlebbar.

Deswegen sahen viele Menschen der alten Kulturen im Liebesspiel zwischen den Frauen und den Männern etwas Größeres und Stärkeres, etwas Lichtvolles und Gottliches. Und sie sahen in ihren geistigen Augen sehr früh weibliche und männliche Schutzgötter und Geistwesen, die den Menschen beim Liebespiel begegneten. Denn die »Götter«, das waren in den alten Kulturen die Größeren, die Stärkeren und die lichtvollen Wesen, immer im Vergleich zu uns Menschen. In der westlichen Kultur erinnern wir uns noch an den römischen Gott Amor und an die griechische Göttin Aphrodite, sie schützten beide Geschlechter beim sexuellen Liebesspiel. Bei den Griechen hieß der Liebesgott Eros und bei den Römern war Venus die Göttin der Liebe. Amor (Eros) und Aphrodite (Venus) schickten beide die Liebeskraft zu den Männern und zu den Frauen. Die Bildhauer haben diese beiden Götter in wunderschöner Gestalt nackt dargestellt, sie prägten das Gedächtnis der Menschen.

Das Buch trägt den Titel der antiken Liebesgötter, der Gott Amor lebt in allen romanischen Sprachen (amore) weiter; doch im allgemeinen Sprachgebrauch beziehen wir uns auf den griechischen Liebesgott Eros, wir sprechen von der Kunst und Kultur der Erotik. Dieser Gott hat für beide Geschlechter etwas Geheimnisvolles und Faszinierendes, er weckt zusammen mit Aphrodite das sinnliche Begehren. Auch wenn wir heute nicht mehr an das direkte Wirken von Göttern und Göttinnen glauben, so bleiben sie weiterhin wichtige Symbolgestalten für unser Leben. Allein unsere Bilder von diesen Göttern schenken unserem Leben Begeisterung und Faszination.

Nun kennt die griechische Mythologie auch Menschen, in denen das weibliche und das männliche Geschlecht vereinigt sind. Sie spricht von Hermaphroditen, die zur Hälfte dem Gott Hermes und zur anderen Hälfte der Göttin Aphrodite gleichen. Wir wissen, dass heute unter uns Menschen leben (0,7 %), die nicht eindeutig weiblich oder männlich sind. Und wir wissen von Menschen, deren seelisches Erleben nicht mit ihrem weiblichen oder männlichen Körper übereinstimmt. Unter uns leben Menschen, die in homosexuellen oder in bisexuellen Beziehungen ihre Erfüllung finden. In allen ist die Urkraft des Gottes Eros lebendig, in den einen mehr, in den anderen weniger.

Global gesehen haben alle menschlichen Kulturen ihre sexuellen und erotischen Beziehungen unterschiedlich gedeutet und gestaltet. Daher soll in diesem Buch auch auf die Lebenswelten Indiens, Chinas, Japans, Afrikas, Israels und des Islam geblickt werden. Es sollen die großen Schriften der erotischen Lebenskunst nacherzählt und in unsere moderne Lebenswelt übersetzt werden. Damit kann das Buch zu einer Bereicherung für alle Frauen und Männer werden, die ihr sexuelles Erleben vertiefen und symbolisch überhöhen möchten. Ausgegangen wird von der Macht der inneren Bilder (Gerald Hüther), die unser Leben formen und bestimmen.

Graz, Herbst 2020

EROTIK IN ALTEN KULTUREN

Über das Leben der Menschen in den alten Kulturen haben wir wenig Wissen, archäologische Funde geben uns Hinweise. Erst die Menschen, die Schriften entwickelt haben, beschreiben auch die sexuellen Beziehungen der Geschlechter. Aber in Afrika und Ozeanien haben bis ins 20. Jh. alte Kulturen von Jägern und Sammlern und Fischern überlebt, die von westlichen Forschern erkundet wurden. Von daher wissen wir, dass diese frühen Menschen in kleinen oder größeren Gruppen (20 bis 60 Personen) gelebt haben, dass sie noch keine soziale Schichtung und keine Dominanz der Männer kannten. Die Männer und die Frauen paarten sich nach bestimmten Regeln, die Kinder wurden in den Sippen gemeinsam erzogen. Es gab Ansätze zur Arbeitsteilung, die Frauen waren auf die Ernährung und Erziehung der Kinder zentriert, die Männer waren mit der Jagd und dem Fischfang beschäftigt.

Von den uns verwandten Menschenaffen und Hominiden sind einige Arten nur zu bestimmten Jahreszeiten, andere Arten aber zu jeder Zeit paarungsbereit. Das zweite trifft auch für uns Menschen zu. Im Sexualverhalten stehen uns die Bonobos sehr nahe. Diese leben in größeren Gruppen, etwa 30 bis 50 Individuen; und es können sowohl die weiblichen als auch die männlichen Tiere zu jeder Zeit zur Paarung einladen bzw. auffordern. Der Nachwuchs der Tiere wird in Gruppen von Weibchen versorgt. Auch hier ist der Wechsel, vor allem der männlichen Tiere, zu einer anderen Gruppe häufig möglich.

Es gab bei den frühen Menschen noch lange Zeit keine patriarchale Form der Ehe, die Frauen hatten in den Sippen eine starke Dominanz. Nun war die Mitgliedschaft in den Gruppen flexibel gestaltet, vor allem die Männer konnten zu anderen Gruppen und Sippen wechseln; manche Männer wurden auch wegen Verstößen gegen die Regeln des Zusammenlebens von den Sippen ausgeschlossen. Dies hatte aus heutiger Sicht den biologischen Vorteil, dass es weniger Inzucht in den Gruppen gab. Denn solche Gruppen, die wenig biologischen Austausch mit anderen Gruppen hatten, wurden genetisch geschwächt und sind ausgestorben. Diesen Zusammenhang verstehen wir erst seit dem 19. Jh., doch die frühen Kulturen haben intuitiv den Austausch der Sippen gefördert.

Dazu kam in vielen Gruppen der regelmäßige Frauenraub, aber auch der Männerraub. Starke Gruppen fielen über schwächere Gruppen her und raubten dort Frauen, um mehr Nachwuchs zu haben. Oder sie raubten im Krieg auch Männer für die Unterstützung der Arbeit, der Jagd und des Fischfangs. Die Gruppen wurden größer, aber auch stabiler, vor allem ab der Zeit, als sie die Kultivierung von Gräsern, Knollen und von Obst lernten. Das war erst nach der letzten Eiszeit möglich, diese größeren Gruppen wurden sesshaft und sie lebten vom Ackerbau, von Getreide, Obst und Knollenfrüchten. Diese größeren Gruppen mussten sich eine Struktur geben, denn jetzt lebten 200 bis 300 Personen in Dörfern zusammen. Es wurden Subgruppen gebildet, innerhalb derer die sexuellen Beziehungen zwischen den Frauen und den Männern geregelt wurden.

Bei den niederen Ackerbauern war die Rolle der Frauen noch sehr stark, denn sie gebaren das Leben, bebauten die Felder und bereiteten die Speisen zu. Die Archäologie zeigt uns, dass in diesen Kulturen (Industal-Kultur, Donau-Kulturen, Schwarzmeer-Kulturen) die Menschenbilder aus Ton zu 80 % weiblich waren und nur zu 20 % männlich. Diese Bilder und Statuen wurden bei den Riten der Fruchtbarkeit von beiden Geschlechtern in den Händen gehalten, um die Liebeskraft zu stärken. Das zeigen uns gemalte Bilder aus der historischen Zeit. Aus den erzählten Mythen wissen wir, dass zumeist die Frauen sich ihre männlichen Sexualpartner wählen konnten. Männer, die gegen die Regeln der Paarung verstoßen haben, wurden häufig aus den Gruppen ausgeschlossen.

Erst bei den höheren Ackerbauern und vor allem bei den Hirtennomaden und den Viehzüchtern bildete sich langsam eine Dominanz der Männer über die Frauen. Denn die Felder und die Viehherden mussten gegen Räuber bewacht werden, diese Bewachung mit Steinwaffen war Aufgabe der Männer. Sie waren es auch, die Wildtiere zähmen mussten. Männer fingen die Wildpferde und die wilden Rinder, aber auch Wildschafe, Wildziegen und Wölfe ein, um sie an die Menschen zu gewöhnen. Mit dieser Kulturtechnik der Domestizierung von Tieren wurden die Gruppen der Menschen wieder größer. Die Ackerbauern wurden sesshaft und bauten Dörfer und sogar kleine Städte. Die Hirtennomaden aber mussten mit ihren Tierherden ziehen, sie lebten zumeist in Zelten aus Tierhäuten.

Erst in diesen beiden Kulturformen, bei den höheren Ackerbauern und bei den Hirtennomaden bildete sich eine Dominanz der Männer über die Frauen. Es wurde eine stabile soziale Schichtung eingerichtet, die Wächter und die Krieger besaßen die Äcker, die Obstgärten und die Viehherden (Oberschicht); die freien Bauern, Hirten, Handwerker, Fischer, Händler (Mittelschicht) besaßen wenig an Gütern; und die Knechte, die Mägde und die Sklaven waren unfrei und besaßen gar nichts (Unterschicht). Innerhalb dieser drei Schichten wurden auch die sexuellen Beziehungen geregelt, in dieser Zeit entstand die patriarchale Eheform, aber nur für die Oberschicht, später auch für die Mittelschicht. In dieser Ehe hatten die Männer die Dominanz, die Frauen gehörten zu ihrem Besitz.

Ganz anders bei den mittleren und unteren sozialen Schichten, denn wer ohne Besitz und unfrei war, konnte keine Ehe eingehen. Hier lebten die Frauen und die Männer in freien sexuellen Beziehungen, aber nach den Vorgaben der Sympathie und der Freundschaft; die Kinder wurden in den Sippen gemeinsam erzogen. Die Oberschicht besaß auch Menschen als Sklaven, und die Sklavinnen waren auch die Sexualpartnerinnen ihrer Herren und Besitzer, Ihre Kinder waren wiederum Sklaven der Herren. Doch die Ehefrauen der Oberschicht durften sich nicht den männlichen Sklaven paaren, sie waren sexuell nur an ihre Ehemänner gebunden. Doch die Ehemänner konnten auch sexuelle Beziehungen zu anderen Frauen und zu den Sklavinnen haben.

Mit dieser sozial unfairen Regelung kam es aber biologisch gesehen zu einer breiteren Durchmischung der Gene. Denn wenn die Frauen und die Männer der Oberschicht sich nur untereinander sexuell verbunden hätten, noch dazu in geringer Zahl, wäre die biologische Inzucht enorm gewesen. Im Adel der römischen Kaiserzeit war diese Inzucht groß, deswegen wurden dort auch zu wenig überlebensfähige Kinder geboren. Noch im 19. Jh. hatten europäische Adelsfamilien (Habsburger) unter dieser biologischen Eingrenzung zu leiden. Doch die Menschengruppen, die überlebt haben, haben intuitiv gelernt, dass sie sich mit Angehörigen fremder Gruppen paaren müssen. Diese Inzestsperre kennen bereits viele Tierarten, etwa die sibirischen Tiger.

Erst seit 10.000 bis 12.000 Jahren, seit dem Ende der letzten Eiszeit, lernten einzelne Menschengruppen der Ackerbau und die Kultivierung von Obst, aber auch die Zähmung von Wildtieren und das Leben mit diesen Tieren als Hirtennomaden und als Viehzüchter. Über 3 Millionen Jahre lebten die frühen Menschen in kleinen Gruppen als Sammler (gatherer), als Jäger (hunter) und als Fischer (fishing men). Die Erfahrungen dieser Menschen sind in unseren Genen und in unserem biologischen Gedächtnis gespeichert. In unseren inneren Bildern, aber auch in Träumen und in Formen der Meditation gewinnen wir partiellen Zugang zu diesen Erfahrungen. Auch die Bilder unseres eigenen Geschlechts und des anderen Geschlechts sind tief in unserem biologischen Gedächtnis gespeichert. Sie bestimmen unsere sexuellen und erotischen Beziehungen ein Leben lang.

FRÜHE ERZÄHLUNGEN

Alle alten Kulturen erzählen mündlich von Generation zu Generation von ihren Erfahrungen mit der natürlichen Umwelt, von ihren sexuellen Beziehungen zwischen den Geschlechtern, von ihren Kulturtechniken und von Streit und Krieg mit anderen Menschengruppen. Durch diese Erzählungen werden Gruppen gebildet und zusammengehalten. In dieser Frühzeit gab es aber die privilegierten Erzähler von Gesichten, die später als »heilige Personen« bezeichnet wurden. Zu ihnen gehörten die Schamanen und Schamaninnen, die Mantikerinnen, später die Lehrältesten, die Priester und die Propheten. Sie erzählten Bilder aus ihren Traumwelten, aber auch aus ihrer Erfahrung der Ekstase. Denn sie konnten durch Naturdrogen (Pilze, Hanfpflanzen) in ein verändertes Bewusstsein (Trance) eintreten. Ihre Erlebnisse erzählten sie im Wachzustand zumeist an heiligen Orten in den Gruppen weiter. Diese Erzählungen wurden rezipiert und mündlich weiter gegeben.

Zu den Bildwelter der heiligen Personen gehörten die »Seelen« der Ahnen, der Vorfahren, der Verstorbenen der Gruppe. Sie deuteten ihre inneren Bilder als Botschaften oder als Aufträge der Vorfahren, denn sie verstanden sich als die Vermittler zwischen den Lebenden und den Toten. Die zweite Bilderwelt der heiligen Personen betraf die natürliche Umwelt der Menschengruppe, vor allem die Phänomene der Natur wie Wind und Sturm, Blitz und Donner, Hitze und Kälte, Regen und Trockenheit, Tag und Nacht, die Sonne, den Mond und die Gestirne. Die frühen Menschen deuteten diese bedrohlichen Phänomene als unsichtbare Kräfte und als »Geistwesen«; sie gaben diesen Kräften eine tierähnliche und später eine menschenähnliche Gestalt; sie erzählten von Schutzgeistern und von Schutzgöttern, aber auch von bösen Geistwesen und bedrohlichen Dämonen.

Mit dieser Bilderwelt sicherten die frühen Menschengruppen ihren Zusammenhalt und ihr Überleben. Sie entwickelten Symbolhandlungen und Riten, um die schützenden Kräfte herbeizurufen, aber auch, um die gefährlichen Kräfte und Geistwesen fernzuhalten und abzuwehren. Und sie führten Riten aus, um in den Gruppen die Lebenskräfte zu stärken und um die Todeskräfte zu vertreiben. Denn immer ging es um das Überleben der Gruppen, das ständig gefährdet war. Sie verstanden intuitiv, dass die Weitergabe des Lebens mit der sexuellen Paarung der Geschlechter zusammenhing, ohne dies genauer erklären zu können. Sie sagten in ihren Erzählungen, dass beide Geschlechter ihre »Wasser« zusammenfließen lassen, damit in den Frauen neues Leben entstehen kann. In Afrika erzählten Frauen, dass sie aus eigener Kraft das Leben weitergeben können; die Männer hätten nur die Funktion, ihnen den Schoß zu öffnen, damit die Seelen der Ahnen in ihren Körper einziehen können.

Bereits Jäger und Sammler hatten an den heiligen Orten und Kultplätzen einfache Riten zur Vermehrung der Fruchtbarkeit in den Gruppen. Sie paarten sich an den heiligen Orten und riefen ihre Ahnenseelen und Schutzgeister um Hilfe an. Oder sie berührten heilige Steine und Holzfiguren, um ihre sexuelle Lebenskraft zu stärken. Es gab Fruchtbarkeitssteine, über die Frauen kriechen oder rutschen mussten, um viele Kinder gebären zu können. Auch die Hirtennomaden haben diese Steine der Fruchtbarkeit weitergeführt. So erzählen die Moslems, dass im Steinheiligtum der Kaaba in Arabien drei Göttinnen der Fruchtbarkeit in den Stein gemeißelt waren. Die Männer und die Frauen mussten dort den Kitzler der Göttinnen Al Lat, Al Usha und Manat (Koran, Sure 54, Vers 19) berühren oder küssen, um die Kräfte der Fruchtbarkeit in sich aufzunehmen. Oder wir kennen aus der Archäologie die weiblichen Figuren aus Stein oder aus Tierknochen mit vergrößerten Geschlechtsorganen, die 26.000 bis 34.0000 Jahre alt sind.

In Indien leben die Darstellungen der weiblichen Geschlechtsorgane (Yoni) und der männlichen Geschlechtsorgane (Lingam) bis heute weiter, sie können dort an den großen Tempeln bewundert und berührt werden. Die Fruchtbarkeit der Sippen war die Voraussetzung für das Überleben der Menschengruppen. Diese aber hängt primär von der Ernährungslage der Menschen ab, denn in Hungersituationen konnten nicht genügend Kinder gezeugt, geboren und ernährt werden.

Die Industal-Kultur (2.000 v.C.), die Donau-Kulturen und die Schwarz-Meer-Kultur (2.000 v.C.) haben uns eine Vielzahl von kleinen weiblichen Statuen aus Stein, aus gebrannter Tonerde oder aus Holz hinterlassen, die bei den Riten der Fruchtbarkeit eine Funktion hatten; ca. 80 % der gefundenen Figuren sind weiblich, nur 20 % sind männlich. Damit betonten diese frühen Ackerbaukulturen die weibliche Lebenskraft und sie verbanden sie mit der fruchtbaren Erde. Die chinesischen Bodenbauern verbreiteten die Lehre, dass der Anfang der Welt und des

Lebens ein weiblicher Schoß sei; sie sprechen von einem ewigen Urgrund (dao) oder einer Höhle, aus der alles Leben gekommen ist. Und sie sind der Überzeugung, dass alle Dinge und Lebewesen wieder in diesen ewigen Urgrund zurückkehren werden.

Spätere Ackerbauern sind der Überzeugung, dass die Erde und die Felder und Wiesen wie ein weiblicher Körper sind, und dass sich darüber das männliche Himmelszelt spannt. Der Regen, das Gewitter, der Blitz und der Donner werden darin als »Hochzeit« von Erde und Himmel gedeutet. Später entstehen in der Bilderwelt der Menschen weibliche Schutzgöttinnen der Erde, der Felder, der Obstgärten, der Viehweiden; der Regen, die Gewitter, Blitz und Donner aber werden männlichen Göttern zugeschrieben. Damit ist die Mythologie dieser Kulturen dann voll mit Erzählungen von weiblichen und von männlichen Schutzgeistern bzw. von den Menschen ähnlichen Göttern. Die eigene Paarung deuteten die Frauen und die Männer daher als Teilnahme am kosmischen Geschehen der Natur.

Die Sexualität war die Bindekraft zwischen den Geschlechtern, bei den Tieren und bei den Menschen. Die Mythenerzähler fragten, woher denn diese Bindekraft stamme. Darauf gaben sie verschiedene Antworten. Sie sagten, die Göttinnen und die Götter hätten diese Bindekraft in die Menschen hineingelegt, ja die Götter selber seien die großen Vorbilder für das menschliche Liebesspiel. So erzählen die Inder seit Langem, dass sich der Gott Brahma und die Göttin Sarasvati regelmäßig im feierlichen Liebesspiel paaren und dass sie dabei immer neue Welten, Früchte, Tiere und Gegenstände erschaffen. Oder die Griechen erzählen den Mythos, dass die Menschen ursprünglich in der Gestalt einer Kugel lebten. Doch ein Gott habe sie mit einem Schwert auseinandergeschlagen, damit seien auf der einen Seite die Frauen und auf der anderen Seite die Männer geworden. Aber aus diesem Grund hätten beide Geschlechter das tiefe Verlangen nach der kurzzeitigen Vereinigung beim sexuellen Liebesspiel.

Die Menschen haben dieses Spiel im Verlauf der Kulturentwicklung immer weiter kultiviert und verfeinert. In der Zeit, als sie in kalten und feuchten Höhlen lebten, oder in den langen Eiszeiten, wo es um das nackte Überleben ging, waren die Möglichkeit der Kultivierung der Sexualität gering. Aber in den Wärmeperioden und nach der letzten Eiszeit wurden viele Menschengruppen sesshaft, sie bauten sich Hütten aus Stroh, aus Holz, aus Lehm und aus Steinen. In den warmen Regionen Afrikas und Ozeaniens trugen die Menschen wenig an Kleidung, die erotische Anziehungskraft der Geschlechter war im alltäglichen Leben gegeben. Außerdem hatten die Menschen im Verlauf ihrer biologischen Entwicklung ihr wärmendes Haarkleid weitgehend verloren, sie mussten sich schützende Kleider fertigen; aus Geweben von Pflanzen und aus den Häuten der gejagten oder der gezähmten Tiere.

Eine Kultivierung der Erotik sehen wir vor allem bei den Bewohnern von Dörfern oder kleinen Städten, aber auch von Zelten bei den Hirtennomaden. Es mussten geschützte Lebensbereiche und vor allem genügend Nahrung vorhanden sei. Denn bei Nahrungsmangel investiert der Körper alle Kräfte auf das eigene Überleben, nicht mehr in Erotik und Fruchtbarkeit. Das haben alle Männer und Frauen in schrecklicher Weise in den Konzentrationslagern des letzten Weltkrieges erleben müssen. Eine erotische Lebenskultur konnte und kann auch heute nur dort gelebt werden, wo das natürliche Bedürfnis nach Nahrung und nach Sicherheit befriedigt werden kann. Denn in den großen Stadtkulturen, aber auch bei den Hirtennomaden konnten die Beziehungen der Geschlechter auf kreative Weise gestaltet werden. So berichten Reiterkulturen (Kelten), dass sich ihre Schutzgötter auf dem Rücken der Pferde geliebt haben. Doc halles, was die Götter taten, vollbrachten zuerst die Menschen.

Viele der alten Kulturen haben begonnen, ihre sexuellen Beziehungen zwischen den Frauen und den Männern in ihren Bildwelten zu überhöhen. Sie entwarfen die Bilder der großen Göttinnen und Götter, welche ihre Lehrmeister der sexuellen Beziehungen wurden. Und sie übten an den heiligen Orten und später an den Tempeln das erotische Liebesspiel in vielen Formen, dort fungierten Priesterinnen und Priester als die Lehrmeister der erotischen Lebenskultur. Sie deuteten das erotische Liebespiel am heiligen Ort oder im Tempel als die Verbindung der Menschen mit den Kräften des Göttlichen. Dort hatte auch der erotische Tanz seinen Platz, der alle Teilnehmer mit der Welt der Göttlichen, des Größeren und des Umfassenden verbinden sollte.

Ein genaueres Wissen über die Kultur der erotischen Beziehungen zwischen den Geschlechtern haben wir erst seit der Sesshaftwerdung der Menschen, vor allem in den frühen Kulturen der Ackerbauern und der Hirtennomaden. Vor allem ab der Zeit, wo Schriftsysteme entwickelt wurden, berichten die Schreiber auch über das sexuelle Liebesspiel der Geschlechter, auch über homosexuelle Beziehungen. Vorher haben wir nur Ritzzeichnungen in

Stein und Figuren aus Stein, später kommen vielfältige Gemälde mit Naturfarben auf Stein oder auf Tongefäßen hinzu. Die Menschen dieser Kulturen haben von ihren sexuellen Beziehungen nicht nur in den Mythen erzählt, sie haben diese auch in einer vielgestaltigen Bilderwelt dargestellt. Es ist die Macht der inneren Bilder, die unser Leben vorantreibt. Dies gilt für die Vergangenheit, das gilt aber auch für moderne Lebenswelten.

MYTHEN DER AFRIKANER

Die Afrikaner lebten durch viele Jahrtausende in Sippen und Stämmen zusammen, zum Teil als Jäger und Sammler, zum Teil als niedere und als höhere Ackerbauern, zum Teil als Hirtennomaden und als Viehzüchter. Sie gaben ihre Mythen und Weltdeutungen nur mündlich weiter, denn die Völker südlich der Sahara hatten keine Schriften entwickelt. Bei vielen Stämmen waren Riten der Fruchtbarkeit verbreitet, denn beide Geschlechter wollten durch das sexuelle Liebesspiel göttliche Kräfte in sich aufnehmen; und sie wollten sich mit den Seelen ihrer Ahnen und Vorfahren verbinden, die in einem Seelenland weiterlebten. Aber auch die Felder und Obstgärten, sowie die Viehweiden sollten durch erotische Riten fruchtbar werden.

So erzählen die Kamerun-Stämme, dass der höchste Himmelsgott zuerst die Echse als heiliges Tier aus der Erde geformt habe. Erst danach habe er aus der dunklen Erde zuerst die Menschenfrau und dann den Menschenmann geschaffen. Er legte ihre Körper ins Meer, damit sie weich wurden. Nachdem sie aufgeweicht waren, begannen die Frauen und die Männer gleich, sich zu paaren. Auf diese Weise gaben sied as Leben weiter, es wurden ihnen viele Kinder geboren. Seither freuen sich die Männer über die Schönheit der Frauen, und diese bewundern die Kraft der Männer.

Die Mutwa-Stämme erzählen, die Göttin Maruaba habe den Menschen die Instrumente und die Musik gebracht; sie hätte ihnen gezeigt, wie man aus Holz eine Flöte oder eine Harfe herstellt; und sie habe ihnen die Liebeslieder überbracht. Seither singen und tanzen die Männer und die Frauen jeden Abend vor einem Feuer, bevor sie sich der Liebe hingeben. Denn durch die Musik komme göttliche Kraft in die Menschen und sie paaren sich in der freuen Natur im Schutz der Dunkelheit, der Sterne und des Mondes. Dabei kommen sie den Seelen ihrer Vorfahren, aber auch ihren Schutzgöttern sehr nahe. Das erotische Liebesspiel sei das wertvollste Geschenk der Götter und Geistwesen an uns Menschen.

Die Yoruba-Stämme berichten von vielen großen Göttinnen, welche in den Frauen und in den Männern die Sehnsucht nach der Liebe weckten. Sie beschützen die Liebenden, wo immer sie sich paaren, und sie schenken ihnen die Kraft der Hingabe. Die große Göttin habe zuerst aus der Erde die Frauen geformt und danach die Männer, sie habe beiden Geschlechtern den Atem geschenkt und die Sehnsucht nach der Liebe. Zur Nahrung gab sie ihnen die Fische im Wasser, die Knollen in der Erde und die Tiere in den Wäldern. Damit können alle Menschen gut und glücklich leben.

Die Jäger und Sammler kannten keine patriarchale Ehe, ihre Sippen waren um die Mütter und Töchter zentriert (matrifokal). Diese wählten ihre männlichen Liebespartner, die Kinder wurden in den Sippen gemeinsam erzogen. Die Menschen waren nicht sesshaft, sondern sie zogen den Wildtieren nach, die sie jagten. Die Frauen blieben zumeist in ihren Gruppen, aber die Männer konnten zu anderen Gruppen wechseln. Diese Lebensform finden wir auch noch bei den niederen Ackerbauern, die bereits sesshaft wurden. Sie kultivierten Wildgräser und Knollenfrüchte, mit dem Grabstock lockerten sie die Erde; sie kannten noch keinen Pflug und kein Rad und keine künstliche Bewässerung der Felder und Gärten.

Diese Sozialform änderte sich aber bei den Hirtennomaden und bei den höheren Ackerbauern. Denn diese erfanden den Pflug, das Rad und die künstliche Bewässerung, sie konnten größere Felder bebauen, ihre Gruppen umfassten mehr Menschen als bisher. Die Felder mussten von den Männern gegen Diebe und Räuber bewacht werden, die Wächter hatten die Waffen. Aber damit begann eine Dominanz der Männer über die Frauen, sie schufen die patriarchale Eheform und sie beanspruchten den Besitz über Felder und Obstgärten. Und sie machten Mitmenschen zu abhängigen Mägden und Knechten, zu Sklaven; sie führten Kriege gegen andere Stämme, um Sklaven zu erobern.

Ähnlich entwickelten sich die Sippen der Viehzüchter und der Hirtennomaden, auch hier waren die Männer führend bei der Zähmung der Wildtiere, der Schafe, der Ziegen, der Hunde, der Rinder. Sie behielten diese Dominanz und beanspruchten den Besitz der Tierherden, aber auch den Besitz von Frauen; auch sie schufen die männerzentrierte Eheform. Die Frauen mussten in die Sippen der Männer ziehen, reiche Männer konnten mit mehreren Frauen verheiratet sein. Auch die Hirtennomaden setzten eine soziale Schichtung durch, es gab die besitzenden Sippen, dann die nicht besitzenden Sippen und schließlich die Sklaven und Sklavinnen. Die Hirtennomaden zogen mit ihren Tierherden zu verschiedenen Weideplätzen, sie lebten zum Großteil in beweglichen Zelten. Sie aßen das Fleisch der Tiere und hatten in der Folge hohe Raten der Fruchtbarkeit;

auch sie entwickelten eine erotische Kultur der sexuellen Beziehungen.

Aber ein Ehebündnis konnten nur Männer und Frauen schließen, die Besitz hatten und die als Freie lebten; besitzlose und unfreie Männer und Frauen lebten in freien sexuellen Beziehungen, die nicht stabil waren. Viele Stämme von Hirtennomaden hatten die Vielehe (Polygamie) der Männer eingerichtet, Männer mit Besitz konnten mit mehreren Frauen Kinder zeugen, sie mussten sie dann aber ernähren. Einige Stämme kannten auch die Polygamie der Frauen, bei ihnen gab es eine »Dorffrau«, die mit mehreren Männern verheiratet war und von ihnen Kinder hatte. Es konnten sich drei bis vier Männer eine Frau teilen, sie mussten diese und ihre Kinder mit Nahrung versorgen. Die Zeit der sexuellen Beziehungen war nach Tagen geordnet.

Die sesshaften Sippen und Stämme lebten in Hütten aus Stroh und aus Holz, sie bildeten kleine Dörfer. Die Frauen und ihre Kinder lebten in eigenen Hütten, auch die Männer und die Knaben ab der Sexualreife hatten ihre Wohnhütten. Zur Paarung trafen sich beide Geschlechter zumeist in der freien Natur, es gab eigene Hütten zur Geburt der Kinder (Geburtshütten). Außerdem wurden eigene Hütten gebaut für kranke und sterbende Menschen. Die Jugendlichen wurden von den Lehrältesten in die Regeln des Liebesspiels und der Sexualität eingeführt; im Grunde sollten alle Männer und alle Frauen das Leben weiter geben, das sei der Wille der Ahnen. Kinderlosigkeit wurde als Strafe der Schutzgeister für moralische Vergehen angesehen. Kinderlose Männer und Frauen mussten nach ihrem Tod noch einmal geboren werden, damit sie Kinder zeugen und gebären konnten.

Daher lebten die meisten Afrikaner in einer sehr sinnlichen Lebensform, sie trugen in der Frühzeit keine Kleider oder später nur einen Lendenschurz aus Blättern der Bäume. Erst mit der Christianisierung im Süden und der Islamisierung im Norden wurde die Pflicht zum Tragen von Kleidern durchgesetzt, die patriarchalen Eheregeln wurden verschärft. Die Kinder erlebten in Afrika viel an Körperkontakt zu ihren Müttern, das warme und heiße Klima unterstützte die Kultivierung der sexuellen Beziehungen. In den Dörfern und später in den Städten gab es viele weise Frauen, welche die jungen Männer in die Kunst des Liebesspiels einführten. Die Homosexualität der Frauen wurde nicht unterdrückt, in den meisten Stämmen wurde auch die Homosexualität der Männer toleriert. Doch das Christentum und der Islam brachten eine Verschärfung der Sexualmoral in ganz Afrika.

Erwähnt werden müssen aber auch die verschiedenen Opferriten bei einzelnen Stämmen Afrikas, die bis in die Gegenwart hereinreichen. Weit verbreitet war das Opfer eines Körperteils für die Seelen der Ahnen oder für die Schutzgötter. Das konnte ein Zahn sein (Zahnopfer), der ausgeschlagen wurde, oder ein Ohrläppchen, eine Nasenspitze oder ein Fingerglied, die abgeschnitten wurden. Bis heute geblieben ist die Beschneidung der Penisvorhaut bei den Knaben in den islamischen Ländern, sowie die Beschneidung der weiblichen Klitoris und der Schamlippen bei den Frauen. Gegenwärtig sind ungefähr 160 Millionen Frauen in Afrika von dieser Beschneidung betroffen. Dies ist ein archaisches Opferritual an die Ahnen oder Schutzgötter, das nur sehr schwer zu überwinden ist.

Aber trotz dieser archaischen Opferriten haben die meisten afrikanischen Stämme eine sehr sinnliche und erotische Lebenskultur geschaffen, die heute in den modernen Städten des Kontinents weitergeführt wird. Diese Kultur hat sich unter dem Einfluss der europäischen Zivilisation vielfältig weiter entwickelt. Die käufliche Liebe ist auch auf diesem Kontinent weit verbreitet, doch sie wird in den meisten Ländern humaner gestaltet. Freilich müssen viele Frauen aus den armen Schichten ihren Körper gegen Geld und Nahrungsmittel den reicheren Männern zum Liebesspiel anbieten. Doch die Gesetze der meisten Länder untersagen den Frauenhandel und verfolgen das Ziel, den Frauen die gleichen Rechte und Chancen zu geben, wie sie die Männer bereits innehaben. Hier zeigt sich, dass die Humanisierung der erotischen Beziehungen ein langer und steiniger Weg ist.

ALTER ORIENT

Die Kulturen des Alten Orients (Ägypter, Babylonier, Assyrer, Perser, Kanaanäer, Phönikier) haben die ältesten Schriftsysteme der Welt entwickelt, ihre Texte können wir lesen und verstehen. Daher kennen wir auch ihre Weltdeutung und ihre Deutung der erotischen Liebeskunst. Sie entwickelten Bilderschriften, Keilschriften, Silbenschriften und Konsonantenschriften, die sie auf Tontafeln, auf Steinen, auf Holz, vor allem auf Papyrusblättern darstellten. So erzählen die Sumerer einen Mythos von einer großen Göttin, die den Menschen das Getreide geschenkt habe. Dies bedeutet, dass vor allem die Frauen das Getreide betreuten und kultivierten. Im Blick auf diese große Muttergöttin führten die Frauen und die Männer sexuelle Riten der Fruchtbarkeit aus, um das Wachstum des Getreides zu beschleunigen, sie paarten sich auf den Feldern, aber auch an den heiligen Orten und Tempeln.

Erzählt wird der Mythos, die große Göttin Nammu habe mit neun anderen Göttinnen zusammen die vielen Frauen und Männer aus dem nassen Lehm geformt und getrocknet. Dann habe sie ihnen das Leben eingehaucht. Im Himmel der Götter sucht sich diese Göttin in freier Wahl ihre männlichen Liebespartner, es gibt noch keine Dominanz der Männer über die Frauen und keine patriarchale Eheform. Die Sumerer haben uns das älteste Liebeslied der Weltgeschichte (2.500 v.C.) aufgeschrieben und hinterlassen. In diesem Lied tanzt die »Himmelskönigin« Inanna einen erotischen Tanz vor den Göttern und Göttinnen, dann feiert sied as Ritual der »heiligen Hochzeit« (hieros gamos) mit einem Gott ihrer Wahl; sie legt ihren Mantel, ihren Stab und ihre Krone ab und erlebt mit dem Gott die sinnliche Ekstase beim Liebesspiel.

Dieses Ritual der heiligen Hochzeit wurde von den Menschen in Sumer jedes Jahr zur Zeit der Aussaat des Getreides gefeiert, zumeist in den Tempeln der frühen Städte. Der Stadtkönig vereinigte sich mit der obersten Priesterin der Göttin auf der Zinne des Tempels, dazu spielte laute Musik, um die Kräfte der Fruchtbarkeit zu wecken. Zur gleichen Zeit paarten sich die mitfeiernden Frauen und Männer auf den Plätzen vor dem Tempel, oder auf den Feldern und Viehweiden vor der Stadt. Damit sollte die Fruchtbarkeit der Felder, der Obstgärten, der Weinberge, der Viehherden und der Menschensippen verstärkt werden. Die Frauen übernahmen dabei der Rolle der großen Göttin Inanna.

Im Lied umfängt die Priesterin in wildem Verlangen den Stadtkönig, sie gibt sich ihm zur Paarung hin und bestimmt für ihn ein gutes Schicksal. Sie besingt die Schönheit seines starken Körpers, sie nennt ihn einen »Löwen«, der die Feinde besiegt. Er hat ihr Herz erobert, beide küssen sich innig, denn ihre Küsse seien süßer als Honig; Die Priesterin möchte das Herz des Königs erfreuen und trösten, denn sie hat ihn mit ihrer Schönheit verzaubert; sie will seine Kraft in sich aufnehmen. Beide küssen und lieben sich die Nacht hindurch, bis der Morgen graut. Dieses Lied wurde von den Priesterinnen und Priestern am Tempel gesungen und später von den Schreibern in Keilschrift aufgeschrieben. Wir kennen kein älteres Liebeslied in der Geschichte der Menschheit.

Ein anderer Text aus Sumer erzählt von der Zähmung des Waldmenschen Enkidu durch die Priesterinnen und Freudenmädchen der Stadt. Der Waldmensch (Jäger und Sammler) kommt zu einem Brunnen nahe bei der großen Stadt am Fluss Euphrat. Dort trifft er auf eine Priesterin des Tempels, die Wasser holt. Sie nimmt ihn mit in die Stadt und führt ihn am Tempel in die erotische Liebeskunst ein. Beide lieben sich sechs Tage und sechs Nächte lang, damit ist der wilde Jäger zu einem Stadtmenschen geworden. Sie zeigte ihm den zärtlichen Umgang mit Frauen, diesen kannte er im Wald nicht. Nach dieser erotischen Zivilisation führte die Priesterin den Enkidu zum König Gilgamesch. Beide Männer sahen einander zuerst als Konkurrenten, sie kämpften und rangen eine Zeit lang miteinander. Danach wurden sie aber Freunde, denn sie hatten erkannt, dass die Freundschaft beiden Männern mehr Vorteile und Nutzen bringe als der Kampf und der Krieg.

Beide Männer erkannten, dass ihr Leben nur kurz und vergänglich sei, dass es kein Weiterleben der Seele nach dem Tod gibt. Daher beschlossen sie, das Leben und die sinnliche Liebe jetzt zu genießen und auf keine bessere Zukunft zu warten. Viele Forscher sahen in diesem Gilgamesch-Epos die Geburt der Menschlichkeit in der Kultur der Sumerer. Denn diese Stadtmenschen hatten erkannt, dass Sinnlichkeit und Erotik die beste Basis für ein glückliches Leben sind, dass die Freundschaft und das Liebesspiel mit einander verbunden werden können. Das Lied sagt eindeutig, dass die Zivilisierung der Sexualität in der Stadt und am Tempel geschieht.

Ein Text aus der Stadt Uruk beschreibt das Liebesspiel der Priesterin mit dem Mann aus dem Wald näher. Sie zog ihre Kleider aus und zeigte ihm ihre nackten Brüste. Dann legte sie den Lendenschurz ab, sie legte sich vor dem Mann auf ein Bett, sie spreizte ihre Schenkel und zeigte ihm ihren geöffneten Schoß. Auf diese Weise erweckte sie im Waldmenschen die sinnliche Lust, sie tat es in der Art der Frauen in der Stadt. Sie küsste seinen Körper und regte ihn zum Küssen an; dann drang er zärtlich und liebevoll mit seinem Liebesstängel in sie ein. So liebten sie sich sechs Tage und sechs Nächte lang am Tempel der Stadt, durch die Kunst des Liebesspiels gehörte der Mann aus dem Wald nun zur Zivilisation der Stadt. Als die Wildtiere ihn sahen, wandten sie sich von ihm ab, denn sie erkannten ihn nicht mehr. In Sumer waren die Priesterinnen und die Tänzerinnen am Tempel die Lehrmeisterrinnen der erotischen Liebeskultur, denn diese Liebe war etwas Göttliches und Heiliges.

In der sumerischen Kultur war die Homosexualität der Frauen weit verbreitet, wie uns Vasenmalereien zeigen. Auch die Homosexualität der Männer wurde geduldet, was Texte anzeigen. Die Gesetze lassen bereits die patriarchale Eheform erkennen, aber nur für Männer und Frauen mit Besitz, die große Mehrheit der Bevölkerung konnte keine Ehe schließen. Verboten wurde die Vergewaltigung der Frauen durch die Männer, die Frauen sollten aus freier Überzeugung dem Liebesspiel zustimmen. Die besitzlosen Frauen und Männer und die Sklaven und Sklavinnen lebten in freier Liebe, auch ihnen wird die Freundschaft empfohlen.

Dieses Ritual der heiligen Hochzeit wurde von den Babyloniern, den Assyrern und den Kanaanäern weitergeführt, auch diese Stadtkulturen strebten nach einer hohen erotischen Kultur bei den oberen sozialen Schichten.

Auch hier gab es die großen Schutzgötter der erotischen Liebe, etwa der Gott El und die Göttin Ashera, von denen noch die jüdische Bibel erzählt. Viele Liebeslieder dieser Völker wurden an den Tempeln und bei den Hochzeiten gesungen, einige davon sind im »Hohen Lied der Liebe« von den Schreibern in Jerusalem aufgeschrieben worden und zu uns gekommen.

LIEBESKULTUR IN ISRAEL

Die Israeliten und die Juden sind ein altes Kulturvolk aus dem Alten Orient, sie sind ab 1.200 v.C. als Hirtennomaden in Palästina eingewandert und dort als Ackerbauern sesshaft geworden. Um das Jahr 1.000 v. C. bildeten sie ein kleines Königreich (Saul, David, Salomo), danach lebten sie getrennt im Königreich Israel im Norden und im Königreich Juda im Süden. Von daher kommen die beiden Namen für dieses Volk, das durch eine Schriftkultur eng verbunden wurde. Die Juden lebten zum Teil als Hirtennomaden und Viehzüchter, zum Großteil aber als sesshafte Ackerbauern und von der Kultivierung von Obst und Wein, aber auch vom Fischfang. Sie bauten kleine Dörfer und später größere Städte; in der Frühzeit verehrten sie viele Schutzgötter und Göttinnen; ihre Kultorte errichteten sie zumeist auf Bergkuppen. Ein beliebtes Götterpaar waren der Rindergott El und die Fruchtbarkeitsgöttin Ashera.

Die Juden und die Israeliten kamen früh in die politische Abhängigkeit der großen Reiche der Ägypter, der Babylonier, der Assyrer, der Perser, zuletzt der Griechen und der Römer. Um 515 v.C. bauten die Juden unter der Herrschaft der Perser ihren zweiten Tempel in der Stadt Jerusalem; dort wurde eine Schule der Schreiber eingerichtet und dort entstand die hebräische Quadratschrift, die sich als Konsonantenschrift aus dem Phönikischen herleitete. An diesem Tempel verfassten die Schreiber und die Priester die großen literarischen Werke, die mit der Bezeichnung »Tanach« zusammengefasst wurden. Das waren Gesetzestexte (Tora), Texte der Propheten (Nabiim) und andere Schriften der Weisheit (Chetubim). In der Zeit der griechischen Herrschaft (ab 330 v.C.) wurde diese große Textsammlung »Bibel« genannt, denn griech. biblos heißt: das Buch. In diesem Werk findet sich eine große Sammlung von erotischen Liebesliedern aus dem ganzen Orient.

Auch in Israel und Juda gab es in der Frühzeit die Riten der heiligen Hochzeit auf den Feldern und an den Kultorten, es wurden mehrere Göttinnen und Götter des Wachstums angerufen. Viele Sippen und Stämme waren matrifokal organisiert, wie uns die großen Erzählungen der Stamm-Mütter (Lea) zeigen. An den Kultorten wirkten Priesterinnen und an den frühen Gerichten waren Frauen als Richterinnen tätig. Doch die Krieger und ihre Männerpriester begannen im 7. Jh. v. C., die Kultstätten der Göttinnen und der Götter zu zerstören und ihren eigenen Gott Jahwe durchzusetzen. Dieser Gott durfte nur mehr männlich sein, er sollte keine Ehefrau mehr haben, weil Männer im Krieg keine Frauen um sich brauchen. Doch diese Kultreform wurde im Volk der Bauern nicht angenommen, noch im 2. Jh. v.C. wurde in der Nähe von Jerusalem eine Göttin verehrt, wie uns archäologische Funde zeigen.

Eine jüdische Gemeinde in Ägypten (Elefantine) verehrte noch im selben Jahrhundert den Gott Jahwe mit seiner Ehefrau Ashera. Der offizielle Kult der Priester und der Krieger am Tempel zu Jerusalem war jedoch patriarchal geworden, Frauen wurden von den Gottesdiensten der Synagogen ausgeschlossen. Der Tanach (Bibel) wurde von Männern für Männer geschrieben, doch im realen Leben waren die Frauen viel stärker präsent, als diese Texte zeigen wollen. Die erotische Kultur wurde in den Sippen vor allem von den Frauen weitergegeben, denn weise Frauen führten die Mädchen in die Liebeskunst ein. Und die jungen Männer wurden auch von den Frauen der Lust in das erotische Liebesspiel eingeführt. Damit entwickelte sich in den Sippen eine hohe Kultur der Liebeskunst, denn alle Männer und Frauen sollten mit Freude das Leben weitergeben.

Auch wenn 30 % bis 35 % keine Ehe schließen konnten, weil sie keinen Besitz hatten oder Unfreie waren, so sollten auch sie das Leben weiter geben. Sie lebten in freien sexuellen Beziehungen, ihre Kinder wurden in den Sippen gemeinsam erzogen. Wenn eine Ehefrau von ihrem Mann keine Kinder bekommen konnte, dann musste der Bruder des Mannes einspringen (Levirat), um der Frau Kinder zu zeugen. Kinderlosigkeit wurde als göttliche Strafe gesehen, neu geborene Kinder durften nach der Geburt nicht mehr ausgesetzt werden. In der griechischen Zeit wurde eine große Sammlung von erotischen Liebesliedern in das heilige Buch am Tempel zu Jerusalem aufgenommen. Schon bald danach wurde es in die griechische Sprache übersetzt (Septuaginta). Dieses Hohe Lied der Liebe soll nun näher vorgestellt werden.

HOHES LIED DER LIEBE

Es handelt sich um eine Sammlung von erotischen Liebesliedern aus dem Alten Orient, die um 250 v.C. von den Schreibern am Tempel zu Jerusalem zusammengetragen und in hebräischer Schrift aufgeschrieben wurde. Diese Texte wurden jedes Jahr in den Synagogen zum Pesachfest (Ostern) und zum Shavotfest (Pfingsten) vorgelesen und ausgelegt. Sie sollten in den Zuhörern die Freude an der Sinnlichkeit wecken. Bereits ab 200 v.C. wurden diese Texte in die griechische Sprache und Schrift übersetzt, damit wurden sie in der ganzen griechischen Welt verbreitet, wo Juden lebten. Später haben die Christen dieses Lied in ihr heiliges Buch übernommen, ihre »Bibel« wurde in 1.500 Sprachen übersetzt. Damit ist das Hohe Lied der Liebe (haschir haschirim) das weltweit am meisten verbreitete Liebeslied.

Diese Lieder stammen aus verschiedenen Kulturen des Alten Orients, Teile stammen aus Ägypten, aus Babylonien, aus Syrien, von den Kanaanäern und von den Juden. Es ist darin kaum von der patriarchalen Ehe die Rede, die Männer und die Frauen der mittleren und der unteren sozialen Schichten lieben sich in freier Liebe, meistens sind die Frauen beim Liebesspiel dominant und initiativ. Es sind Liebeslieder von Bauern und von Schafhirten, von Lohnarbeitern und von Personen mit Besitz. Diese Sammlung wird auf den jüdischen König Salomon bezogen, der mit 70 Frauen verheiratet war und der als ein Meister der Liebeskunst galt. Dazu hatte er noch 80 Zweitfrauen und viele Sklavinnen, die er liebte.

Das Lied beginnt mit dem Gesang eine Frau, welche die Schönheit der Liebe besingt; die Küsse ihres Freundes sind für sie süßer als der Wein; sie besingt den Duft seiner Salben, alle Mädchen der Stadt lieben diesen Mann. (Hld 1,1-3) Das nächste Lied stammt von einer Königshochzeit, die Braut singt, wie sie der König in seine Liebesgemächer hineinzieht; Und der Chor singt dazu: »Lasst uns jauchzen und der Liebe uns freuen.« Süßer als der Wein ist die Liebe. (Hld 1,4-7)

Im nächsten Lied besingt eine braun gebrannte Hirtin die Schönheit ihres Körpers. Sie muss für die Bauern die Weinberge hüten, doch den Weinberg ihres Körpers konnte sie nicht behüten. Denn sie liebt im Weinberg den Hirten, der mit den Schafen zieht. Und sie fragt ihn, wo er zu Mittag sein Lager habe; er antwortet, sie solle den Spuren der Schafe folgen; im Schatten der Zypressen werden sie sich lieben; er will dann ihre beiden »Zicklein« (Brüste) weiden. (Hld 1,5-8)

Danach besingt der Mann die Schönheit seiner Geliebten; für ihn ist sie wie eine wilde Stute am Wagen des ägyptischen Pharao; sie trägt eine Kette mit Perlen und liegt an der Festtafel eines Königs. (Hld 1,8-11) Im nächsten Lied wird die Liebe auf freiem Feld besungen, die Liebenden lagern unter Zypressen und Zedern; die Frau vergleicht ihren Freund mit einem Gefäß mit Myrrhe und mit Hennablüten; dann lieben sie sich in den Weinbergen von Engedi. Danach besingt der Mann die Schönheit seiner Geliebten. (Hld 1,13-17) Im nächsten Lied wird das Liebesspiel im Weinhaus des Weinbergs besungen, es gibt Traubenkuchen und Liebesäpfel zu essen; die Frau ist krank vor Liebe, dann umfängt sie der Mann mit seinem linken Arm. Dazu singt der Chor: »Bei den Gazellen und Hirschen, ihr Töchter Jerusalems, stört nicht die Liebe, weckt sie nicht auf, bis es ihr selber gefällt«. (Hld 2,4-9)

Im nächsten Lied besingt die Frau das Kommen ihres Geliebten, er springt über die Berge und Hügel, er klopft an ihr Fenster, sie lädt ihn ein zum Liebesspiel. Denn es kommt der Frühling, die Blumen beginnen zu blühen, die Wildtaube ruft und die Feigenbäume treiben Blätter, die Weinstöcke grünen. Dann ruft der Mann seine Freundin, er nennt sie seine Taube, er will ihr Gesicht sehen und ihre Stimme hören. Jetzt ziehen die jungen Füchse durch die Weinberge. Die Frau lädt den Freund zum Liebesspiel am Abend ein, er soll wie ein Hirsch in ihre Balsambeete kommen; gemeint ist damit ihr Schamhaar. (Hld 2,8-16)

In einem weiteren Lied beschreibt die junge Frau ihre Sehnsucht nach der Liebe; sie steht vom Bett auf und geht in die Dunkelheit der Nacht, um ihren Freund zu suchen. Sie fragte die Wächter im Dorf, dann fand sie ihn; sie zog ihn in das Haus ihrer Mutter, wo sie wohnte; dort liebte sie ihn voller Hingabe und Wildheit. Auch hier singt der Chor: »Bei den Gazellen und Hirschen, ihr Töchter Jerusalems, stört nicht die Liebe, weckt sie nicht auf, bis es ihr selber gefällt«. (Hld 3,1-5)

Ein anderes Lied beschreibt einen Hochzeitszug des Königs Salomon; er holte seine Bräute von weit her; eine dieser Bräute wird auf einer Sänfte von Trägern auf den Berg von Jerusalem getragen, 60 Krieger begleiten den Festzug. Dann folgt das Festmahl und das Liebesspiel des Königs mit seiner neuen Braut. (Hld 3,8-15) Danach folgen Preislieder auf die Schönheit des weiblichen und des männlichen Körpers. Der Mann besingt die Schönheit der Frau, ihre Augen sind wie zwei Tauben; ihr Haar gleicht einer Herde von dunklen Schafen; ihre Zähne sind weiß wie Wolle, ihre Lippen sind ein roten Band, die Schläfe ist wie die Rispe eines Granatapfels, ihr Hals ist wie ein Turm, ihre Brüste sind wie zwei Zicklein der Schafe; Dann sagt der verliebte Mann, wenn es Abend wird, will er zu den Balsambeeten (Schamhaar) und zu den Weihrauchhügeln (Schamlippen) seiner Geliebten gehen. Er beendet das Lied: »Alles an dir ist schön, meine Freundin, du bist ohne Makel«. (Hld 4,1-7)

Diese Lieder wurden von Einzelnen und von Gruppen gesungen, der Chor war beim Liebenspiel der Paare oft anwesend und schützte die Liebenden. Im nächsten Lied ruft ein junger Mann nach seiner Freundin auf den Bergen des Libanon, denn sie hat ihn mit ihren Augen verzaubert. Er sehnt sich nach ihren Düften, denn die Liebe ist süßer als der Wein. Von ihren Lippen tropft wilder Honig, aus ihrem Mund kommt süße Milch, ihre Kleider duften nach den Bergen. (Hld 4,8-11) Die Liebenden laden.

Danach besingt der Mann wieder die Schönheit seiner Freundin; ihr Körper ist wie ein verschlossener Garten, ihr Schoß wie eine versiegelte Quelle; ihr wunderbarer Körper ist für ihn ein Lustgarten, mit Früchten und Blüten, mit Narde und Weihrauch, mit Balsam und Myrrhe. Das Liebesspiel kann beginnen, es kommt der Nordwind und der Südwind, es strömen ihre Düfte. Dann singt die verliebte Frau: »Mein Freund komme in seinen Garten, er esse von allen meinen Früchten«. (Hld 4,12-16)

Der Mann folgt der Einladung der Geliebten, er kommt in ihren Garten und pflückt den Balsam und die Myrrhe;

er küsst ihr weiches Geschlecht; er isst den Honig mit der Wabe und trinkt ihren Gewürzwein wie Milch. Er ist berauscht von ihrem Körper und betrunken von der Liebe. (Hld 5,1ff) In einem anderen Lied klopft der Mann an das Fenster seiner Freundin mitten in der Nacht; sie zieht erst ihre Kleider an, dann öffnet sie ihm. Aber ihr Freund ist weggelaufen, sie kann ihn nicht finden. Sie geht in das Dorf, um ihn zu suchen; doch die Wächter schlagen sie, weil sie als Frau in der Nacht nicht allein durch das Dorf laufen darf; Sie ruft am Tag den anderen Frauen zu: »Wenn ihr meinen Freund seht, sagt ihm, dass ich krank bin vor Liebe«. Die Frauen fragen die Suchende, was das Besondere an ihrem Freund sei. Sie sagt, sein Kopf sei wie Gold, seine Haare schwarz wie Raben, seine Augen wie Wildtauben, sein Bart wie Balsam, seine Lippen wie Lilien, seine Finger wie Stäbe aus Gold; seine Schenkel seien stark wir Marmorsäulen und sein Körper gleiche den Zedern vom Libanon; sein Mund sei voll mit Wonne; »Dies ist mein Geliebter, ihr Töchter Jerusalems«. (Hld 5,2-12)

Ein anderes Lied singt wieder davon, wie der Mann zu den Lustgärten und zu den Balsambeeten seiner Freundin geht; er will dort weiden und Blumen pflücken. Die Frau lädt ihn ein, in ihren Fruchtgarten zu kommen, sie will ihm ganz gehören. (Hld 6,1-3) Das nächste Lied besingt wieder die Schönheit des weiblichen Körpers. Die junge Frau Tirza ist so schön wie die Bilder des Himmels. Auch wenn der König Salomon 70 Erstfrauen und 80 Zweitfrauen hatte, so möchte der verliebte Mann nicht mit ihm tauschen. Er ist von der Schönheit seine einzigen Freundin verzaubert; er sieht sie wie das Morgenrot aufgehen, er vergleicht sie mit der Schönheit des Mondes. Jetzt will er in ihren Nussgarten gehen, um nach den Palmen zu sehen, um die Granatäpfel zu ertasten; er will die junge Palme besteigen, um ihre Früchte zu ernten; die Brüste seiner Geliebten sind für ihn wie Weintrauben; er tastet nach ihren Liebesäpfeln (Brüsten), aus ihrem Mund fließt süßer Wein. (Hld 7,1-10). Dann antwortet ihm die junge Frau, er solle über ihre Hügel springen; mit ihm will sie in die Weinberge gehen, um zu sehen, ob die Weinstöcke schon austreiben; im Weinberg will sie ihn lieben und alle seine Früchte genießen. (Hld 7,11ff)

Auch im nächsten Lied ergreift die Frau die Initiative zum Liebesspiel, sie sucht ihren Freund und führt ihn in das Haus ihrer Mutter; dort gibt sie ihm ihren Gewürzwein zum Trinken, er geht zu ihren Balsambeeten und zum Weihrauchhügel (Schamlippen). Dann lieben sich beide in inniger Umarmung, und der Chor singt wieder: »Ihr Töchter Jerusalems, weckt nicht die Liebe auf, bis es ihr selbst gefällt.« (Hld 8,1-4) Das nächste Lied besingt das Liebesspiel unter dem Apfelbaum und Liebesbaum der Sippe, unter dem die Mutter ihre Tochter empfangen und geboren hatte. In der Frühzeit hatten viele Sippen solche Liebes- und Geburtsbäume; einer wird im arabischen Koran in der Sure 19 erwähnt, wo Marjam (Maria) ihren Sohn Isha (Jesus) unter einem solchen Baum gebiert. Die Liebespartner zeichnen einander ein Siegel auf das Herz und den Arm, sie wollen lange Zeit verbunden bleiben. Sie singen, stark wie der Tod sei die Liebe; sie sei wie Feuer, das auch von großen Wassern nicht gelöscht werden kann. Liebe kann durch keine Reichtümer erkauft werden. (Hld 8,5-7)

Ein anderes Lied singt von einem jungen Mädchen, das noch keine Brüste hat; dieses Mädchen wird in der

Sippe wie von einer Mauer vor dem Begehren fremder Männer geschützt. Im nächsten Lied sagt der verliebte Mann von sich, dass er mit den vielen Weinbergen und Frauen des Königs Salomo nicht tauschen möchte; ihm genügt seine geliebte Freundin, mit ihr will er alle Wonnen der Liebe gebnießen. Er vergleicht sich mit einem Hirsch, der über die Berge springt, um zu den Balsamhügeln seiner Freundin zu gelangen. (Hld 8,11-14)

Damit endet diese Liedersammlung der jüdischen Kultur, die seit über 2.200 Jahren das Liebesleben der jüdischen Frauen und Männer prägt. Manche Theologen sehen in der Liebe zwischen den Geschlechtern ein Bild für die Liebe des Bundesgottes Jahwe zu seinem Volk. Aber dieser Gott wird im ganzen Lied gar nie erwähnt. Moderne jüdische Dichter und Lyriker (Gertrud Kolmar, Else Lasker-Schüler, Paul Celan) beziehen sich in ihren Texten auf die Bilderwelt des Hohen Lieds. Die christlichen Theologen haben dieses Lied zumeist verschwiegen oder nur symbolisch ausgelegt. Doch das Judentum hat mit dieser Liedersammlung durch viele Jahrhunderte eine sehr erotische Kultur gelebt und weitergegeben.

Erwähnt werden soll noch, dass nach der jüdischen Erzählung von der göttlichen Welterschaffung der Gott El/Elohim männlich und weiblich sein musste Denn er/sie schuf die Menschen nach seinem/ihrem Bild, als Männer und als Frauen. Dann folgt der göttliche Auftrag an die beiden Geschlechter, fruchtbar zu sein und sich zu vermehren. (Gen 1,28) Auch der göttliche Auftrag an die Sippe Noahs nach der großen Flut war, dass die Männer und die Frauen sich lieben und damit das

Leben weitergeben sollten. Das Judentum kennt keine »Erbsünde« und damit keine Abwertung des menschlichen Körpers und der Sexualität. Damit kann sich eine erotische Lebenskultur auch heute noch an dem Hohen Lied der Liebe orientieren.

LIEBESKUNST DER GRIECHEN

Die Griechen (Hellenoi) gehören zur indo-europäischen Sprachenfamilie, sie sind ab 1.200 v.C. in mehreren Wellen auf das Festland und die Inseln der östlichen Ägäis, von Osten kommend, eingewandert und sesshaft geworden. Sie kamen als Hirtennomaden an und lernten dann den Ackerbau, den Weinbau und den Fischfang, sie siedelten in Dörfern und kleinen Städten. Sie kamen in mehreren Wellen als die Achaier, die Dorier und die Jonier, die in Kleinasien siedelten. Sie waren Seefahrer und gründeten schon früh Kolonien in Süditalien und im Süden Frankreichs (Marsilia). Ab 800 v.C. entwickelten sie eine Konsonantenschrift, die aus dem Phönikischen hergeleitet wurde. Frühe Kulturen entstanden in Mykene und auf Kreta (Knossos).

Als Ackerbauern kultivierten die Griechen das Getreide, das Obst und den Wein, sie kannten bereits das Rad, den Pflug und die künstliche Bewässerung der Felder. Schon früh bildeten sie drei soziale Schichten, die Oberschicht der Krieger und der Adeligen, die Mittelschicht der freien Bauern, Hirten, Handwerker, Händler und Seefahrer; und die Unterschicht der unfreien Knechte und Mägde, der Sklaven (douloi). Im öffentlichen Leben waren bereits die Männer dominant, doch das Zusammenleben der Sippen wurde von der Frauen gestaltet und getragen. Für die Menschen mit Besitz wurde bereits die patriarchale Ehe eingerichtet, die Besitzlosen lebten in freier Liebe und in Beziehungen der Freundschaft (philia).

Als Ackerbauern kannten auch die Griechen verschiedene Riten der Fruchtbarkeit, um die Äcker, die Obstgärten, die Weinberge, die Viehherden und die Menschensippen fruchtbar zu machen. Sie vollzogen die »heilige Hochzeit« (hieros gamos) auf den Feldern, den Viehweiden, in den Weingärten, und sie riefen dabei die Göttinnen der Fruchtbarkeit (Gaia) an. Sie veranstalteten im Frühjahr Umzüge (pompai) um die Felder und Obsthaine, dabei wollten sie böse Dämonen vertreiben. Die Griechen haben ihre erotischen Riten frühzeitig auf Bildern dargestellt, sie haben verschiedene Liebesszenen auf Tonvasen gemalt, oder sie haben diese auf Mosaikböden dargestellt. Daher haben wir ein breites Wissen aus den Bildern und Texten über die griechische Liebeskultur.

Aber die Dichter und Sänger haben auch frühzeitig begonnen, das Liebespiel der Adeligen, aber auch der Bauern und Hirten aufzuschreiben und darüber zu berichten. Und sie haben uns auch einige Liebeslieder überliefert. Vor allem an den Kultplätzen und Tempeln hatte das erotische Liebesspiel der Geschlechter ihren festen Ort, denn die Priesterinnen und die Priester lehrten, dass bei der erotischen Liebe immer Göttliches und Heiliges im Spiel sei. Sie erzählten von der Göttin Aphrodite, die in den Frauen das Verlangen nach der sinnlichen Liebe weckte; und sie besangen den jugendlichen Gott Eros, der die Männer zum Liebesspiel anstachelte. Im Sprachgebrauch der Griechen wurde die Paarung der Geschlechter fast immer mit dem wilden oder sanften Gott Eros in Verbindung gebracht.

Die Mythen berichten von der göttlichen Urmutter Gaia, aus der alles Leben kommt. Sie hat das Chaos des Anfangs geordnet und feste Strukturen und Gesetze in die Welt gebracht. Sie paarte sich mit Uranos, dem Gott des Himmelszeltes, und sie gebar die Titanen und die Giganten der Frühzeit. Aus dem Kampf der Götter ging Zeus als Sieger hervor, er beherrschte fortan den Himmel der Götter und die Welt der Menschen. Aber Gaia, die Urmutter des Lebens wird immer mit dem Füllhorn verehrt, denn sie hat den Menschen die Güter des Lebens in Fülle geschenkt.

Die zweite große Göttin der Fruchtbarkeit war Demeter, die Mutter Erde, die den Bauern das Getreide schenkte. Ihre Tochter Persephone wurde vom Gott Hades in die Unterwelt entführt. Damit hörte auf der Erde das Wachstum auf. Der Gott Zeus entschied aber, dass Persephone nur vier Monate im Jahr in der Unterwelt verbleiben muss, die andere Zeit darf sie auf der Erde sein. In dieseer Zeit wachsen das Getreide, der Wein und die Baumfrüchte. Viele Griechen ließen sich in die Mysterien der Göttin einweihen, um ihre Lebenskraft zu stärken und um nach dem Tod des Körpers ein gutes Schicksal für die Seele (psyche) zu haben. Mit diesem Kult der Urmutter Erde waren auch Riten der Fruchtbarkeit verbunden.

Der große Gott der sinnlichen Liebe war Eros, von dem sich unser Wort Erotik herleitet. Seine Mutter war die Liebesgöttin Aphrodite, sein Vater der Kriegergott Ares. Er weckte in beiden Geschlechtern die Urkraft der sinnlichen Liebe, bald wild und bald zärtlich, er schickte das sexuelle Verlangen. Als Urkraft des Lebens ist dieser Gott dem Chaos des Anfangs entkommen, er bewirkt das

Leben der Pflanzen, der Tiere und der Menschen; und er schützt die heterosexuelle und die homoerotische Liebe. Dargestellt wird er als junger Mann, zumeist mit Pfeil und Bogen (Jäger), der seine Pfeile in die Herzen der Frauen und der Männer schießt. Aber er ist auch der Jüngling, der die Lyra spielt und die Menschen die Liebeslieder lehrt.

In vielen Dörfern und Städten war dieser Gott in Marmor dargestellt, er sollte in allen Bewohnern die Kraft der Liebe wecken. Sein Bild galt als Ideal des schönen männlichen Körpers, es stand oft vor dem Gymnasion, wo die Männer und die Frauen zu getrennten Zeiten ihre Körper trainierten. Er schützte die Lehrältesten, welche die Kunst der Liebe an die Mädchen und Knaben weitergaben. Und er lehrte die Männer und die Frauen die Freundschaft (philia) als Bindekraft beim Liebesspiel. Unter seiner Anleitung entstand eine erotische Lebenskultur, vor allem in den Dörfern und Städten, auch die Tempel waren Lernorte der Liebeskunst. Die Dichter und auch die Philosphen haben diese Kunst beschrieben und hoch gelobt; denn von der Natur her und in der Liebe seien die Männer und die Frauen gleichwertig, was sie im alltäglichen Leben nicht waren.

Den Griechen war die Nacktheit in der warmen Jahreszeit wichtig, sie badeten unbekleidet im Meer und in den Flüssen; und sie stellten die meisten ihrer Götter auf ihren Bildern unbekleidet dar. Und sie hatten Kulte, die von beiden Geschlechtern unbekleidet ausgeführt wurden; die Nacktheit führte die Menschen näher zum Göttlichen. Zur Kultur des Gottes Eros gehört auch die Bildung einer schönen Seele (psyche), denn beim Liebesspiel wirken der Körper und die Seele eng zusammen.

In der spätantiken Zeit entstand ein weit verbreiterer Mythos über den Gott Eros und die Göttin Psyche, beide erlebten die Trauer der Trennung und die Freude des Wiederfindens. Damit verdankt die europäische Kultur bis heute den Griechen wertvolle Impulse für eine erotische Lebensgestaltung.

MYTHEN DER LIEBE

Die große Schutzgöttin der erotischen Liebe war Aphrodite, denn sie schenkte beiden Geschlechtern die Schönheit und die Gesundheit des Körpers. Sie weckt in den Frauen und den Männern das Verlangen nach Berührung und nach Zärtlichkeit, sie schenkt die sinnliche Erregung der Körper. Die Bildhauer haben sie als nackte Frau dargestellt, die alle Liebespaare beschützt. Der Mythos erzählt, sie sei als Tochter des Zeus und der Dione aus dem Schaum des Meeres geboren worden, Sie sei zwar mit Hephaistos verheiratet, aber sie wählte neben ihrer Ehe viele andere Liebespartner, was auf dem Olympos oft zu einem göttlichen Gelächter führt. Sie war die schönste aller Göttinnen und schenkte den Menschen die sinnliche Ekstase. Denn sie war die Spenderin der sinnlichen Lust (hedone).

Ihr Standbild stand vor ihren Tempeln, wo die Männer zur heiligen Hochzeit mit den Priesterinnen eingeladen wurden. Diese waren auch als Tänzerinnen tätig und lehrten beide Geschlechter die Kunst des zärtlichen Liebesspiels. Ihr Bild stand auch vor den Schenken und Kneipen, wo den Reisenden und den Seefahrern die käufliche Liebe angeboten wurde. Denn sie beschützte die Frauen, die den Männern Liebesdienste leisteten. Sie leitete die Lehrältesten an, welche in den Dörfern und Stadtvierteln die Kunst des Liebesspiels an die Jugend weiter gaben. Angestrebt wurde eine Freundschaft zwischen den Lehrern und den Schülern (paidophilia). Viele Dichter und Philosophen beschrieben das Wirken der großen Göttin, etwa Plato in seinem »Symposion«.

An und in den Tempeln der Göttin wurde das Ritual der heiligen Hochzeit (hieros gamos) gefeiert, Männer gaben eine Spende an den Tempel und durften sich mit den Priesterinnen paaren. Von ihnen lernten sie die weichen und zärtlichen Formen des Liebesspiels, die sie an ihre Ehefrauen weiter geben sollten. In den ländlichen Regionen der Bauern und der Hirten wurde die heilige Hochzeit an bestimmten Festtagen auf den Feldern und in den Obstgärten gefeiert. In den Städten wurden Vereine gegründet, welche Festzüge zu Ehren der Göttin und des Gottes Dionysos organisierten. Damit war die Kultur der Erotik bei den Griechen häufig präsent, und zwar für alle sozialen Schichten. Auch Sklaven und Sklavinnen, sowie Besitzlose sollten in den Dienst der großen Göttin treten.

Diese erotischen Kulte blieben auch in der römischen Kaiserzeit noch sehr aktiv, wie uns Dichter und Philosophen schreiben und wie vor allem die gemalten Bilder zeigen. Das zeigt uns ein christlicher Prediger, Paulus von Tarsos, der um 55 n.C. mehrere Briefe an die Christen in der Stadt Korinth schrieb. Darin ordnet er an, die christlichen Männer dürfen nicht mehr zur heiligen Hochzeit in den Tempel gehen, denn wenn sie sich dort mit den Priesterinnen paaren, vereinigen sie sich ja mit den Göttin Aphrodite. Das aber sei für Christen fortan verboten. Damit wurden diese erotischen Riten erst mit der Christianisierung des Imperiums (ab 381 n.C.) zurückgedrängt und dann verboten. Die rigide christliche Sexualmoral führte in der Spätantike zu einem Niedergang der erotischen Lebenskultur.

Auch die Schulen der griechischen Philosophie haben wesentlich zur Kultivierung der sexuellen Beziehungen zwischen den Geschlechtern beigetragen. Vor allem die Schulen der sozialen Unterschicht, die Kyniker, die Stoiker, die Epikuräer lehrten, dass von der Natur her (ek physei) beide Geschlechter den gleichen Wert haben. Die Männer seien nicht mehr wert als die Frauen, und alle sozialen Schichten hätten das natürliche Recht, sinnliche Lust (hedone) zu erleben. Ja die sinnliche Lust sei sogar ein Ziel des Lebens, denn alle Menschen streben von ihrer Natur her nach der Lust, und sie wollen den Schmerz (lype) vermeiden. Die Philosophen lehren nun ein Leben mit Vernunft, um die Lusterfahrung zu vermehren und den Schmerz zu vermeiden.

Für die Oberschicht und die Besitzenden wurde die patriarchale Eheform eingerichtet, die Männer waren mit einer Frau verheiratet, nur ihre Kinder waren erbberechtigt. Aber diese Ehemänner durften sexuelle Beziehungen mit anderen Frauen haben (hetaire), auch mit ihren Sklavinnen. Deren Kinder waren wieder Sklaven und blieben im Besitzz der Herren. Aber oft entstanden emotionale Beziehungen zwischen den Herren und den Sklavinnen, diese konnten nach längerer Zeit von ihren Besitzern sogar freigelassen werden. Den Ehefrauen waren sexuelle Beziehungen mit anderen Männern verboten, wenn sie dabei erwischt wurden, dann wurden sie von den Männer körperlich bestraft. Es wurde ihnen eine Rübe zwischen die Schamlippen geschoben (raphadinoun), dabei kam es zu Verletzungen. Die sexuellen Beziehungen der Besitzlosen und der Unfreien waren keinen Ehegestzen unterworfen.

Aus den bildhaften Darstellungen und aus den Erzählungen der Dichter wissen wir, dass bei den Griechen die Homosexualität unter den Frauen weit verbreitet war; die Frauen liebten sich und küssten sich gegenseitig an den Geschlechtsorganen. Viele Frauen schätzten das Liebesspiel mit Frauen und mit Männern. Auch die männliche Homosexuelität wird auf vielen Bildern dargestellt, Männer küssen einander an den Penissen oder sie paaren sich im After.

Was die Knabenliebe (paidophilia) der Männer angeht, so entstand sie aus der Einrichtung der Lehrältesten. Ältere Männer mussten die Knaben in die Kunst der Sexualität einführen,; sie mussten ihnen zeigen, wie sich ihr Penis vergrößert und wie sie sich selbst befriedigen konnten. Die Lehrältesten sollten in den Knaben auch eine schöne Seele (kale psyche) bilden, daher kam es zu freundschaftlichen Beziehungen. Auch homosexuelle Handlungen waren möglich, aber nicht immer gegeben. Denn die jungen Männer sollten danach die volle Liebeskunst bei den Frauen der Lust (hetaire) und bei den Priesterinnen am Tempel lernen.

Durch die Schulen der Philosophie kam es zu einer deutlichen Kultivierung der Liebeskunst für beide Geschlechter. Vor allem die Epikuräer, aber auch die Kyniker legten Wert auf die lang andauernde sinnliche Lust. Beim Liebesspiel sind die sozialen Grenzen aufgehoben, Herren und Sklavinnen, Freie und Unfreie, Besitzbürger und Besitzlose können sich mit einander verbinden. Vor allem sind die Frauen den Männern völlig gleichwertig, ja sie werden sogar zu den Lehrmeisterinnen des Liebesspiels. Freilich war diese Kultivierung der Erotik vor allem auf die Städte beschränkt, in die ländlichen Regionen ist sie kaum vorgedrungen.

Die wilde Form der Sexualität war um den Kult des Weingottes Dionysos zentriert, der wohl auf alte Riten der Fruchtbarkeit bei den Weinbauern zurückgeht. Denn dieser Gott schenkt den Menschen nicht nur den Weinstock, die Trauben und die Kunst des Pressens; er schenkt ihnen auch die Trunkenheit und die Ekstase. In vielen Umzügen zur Weinernte wurde diese Trunkenheit exzessiv dargestellt; die Feiernden trugen Masken von Ziegenböcken oder von Stieren, sie hatten Rebzweige und ein Pantherfell. Viele waren unbekleidet, sie tanzten sich in wilde Ekstase, mit ihnen zogen die Frauen als Mainaden, die erotische Lieder sangen.

Der Weingott Dionysos wurde auch Bacchos genannt, die Feiernden waren die Bacchanten und Bacchantinnen; die Feste hießen Dionysia oder Bacchos-Feste. In der Frühzeit wurden diese erotischen Feste nur in den ländlichen Regionen gefeiert, später kamen sie auch in die Städte. Sie wurden von den Politikern der Städte aber streng reglementiert, denn hier wurde die wilde Form der Sexualität gefeiert. Männer zogen mit ergigiertem Penis durch die Straßen, sie schlugen sich mit Weidenruten auf den Rücken. Doch diese Umzüge wurden bald in einen Mysterienkult abgedrängt, die Anhänger mussten Mitglieder eines Dionysos-Vereins werden, damit sie an diesen Feiern teilnehmen durften.

Bei den Dionysos-Myterien feierten die Mysten das Leben und das Wirken des Weingottes. Sie mussten in die Riten eingeweiht werden, dann durften sie daran teilnehmen. Denn sie erwarteten sich eine Stärkung ihrer Lebenskraft und ein gutes Schicksal für ihre Seele nach dem Tod des Körpers. Sie berauschten sich am Wein und an der sexuellen Liebe, denn bei den Mysterien waren die Regeln der patriarchalen Ehe aufgehoben. Die Mysten feierten Kultmähler, dann löschten sie die Öllampen aus und paarten sich im Dunkeln. Dabei wollten sie die Urkraft des Gottes Dionysos in sich aufnehmen. Danach sprachen sie Gebete oder sangen Lieder, bevor sie in ihre Sippen zurückkehrten. Diese Dionysoskulte gingen auch in der römischen Kaiserzeit weiter, bis die christlichen Imperatoren sie verboten.

Auch viele andere Götterkulte waren mit erotischen Riten verbunden, denn die Priester und Priesterinnen sahen im Erleben der sinnlichen Lust etwas Göttliches und Heiliges. Erotische Riten finden sich im Kult des Sonnengottes Apollo oder der Göttin Artemis (Ephesos), der Chariten, der Danae und der Hekate, des Herakles und der Letho, vor allem der Hermaphroditen, aber auch der Nymphen oder des Orpheus. Die Götter waren für die Griechen vergrößerte Menschen, mit den selben Bedürfnissen wie die Erdenbüger. Deswegen erzählen die Mythen von sexuellen Beziehungen zwischen den Göttern, aber auch zwischen den Göttern und den Menschen. Zumeist paaren sich männliche Götter (Zeus) mit Menschenfrauen; deren Kinder waren dann göttliche Menschen (theioi anthropoi). Damit erkläreten die Dichter die besonderen Leistungen bestimmter Menschen.

So musste der König Alexander von Makedonien einen göttlichen Vater haben, obwohl sein menschlicher Vater bekannt war, weil er so viele militärische Siege einholte. Oder der Philosoph Plato musste einen göttlichen Vater haben, weil er so viel an Weisheit zu den Menschen brachte. Die ägyptischen Königinnen Kleopatra (I bis VII) mussten göttliche Töchter sein, weil sie eine große Herrschaft führten. Die frühen Christen sagten, ihr Lehrer Jesus aus Nazaret musste ein göttlicher Sohn sein, weil er so viel an Gerechtigkeit bringen wollte. Im Erleben der Erotik verbanden sich für viele Griechen das Menschliche und das Göttliche. Denn die sexuelle Ekstase und das erotische Erleben waren sich sehr ähnlich.

Nun gab es auch philosophische Schulen, das auf das Erleben der Sexualität verzichten wollten, denn sie gingen davon aus, dass durch das starke emotionale Erleben der klare Verstand (logos) gestört werde. Einige Lehrer der stoischen Philosophie werteten das sexuelle Erleben ab, weil es vom Streben nach der Weisheit (sophia) und der Tugend (arete) ablenke. Damit entstanden auch asketische Bewegungen, doch diese bildeten kleine Minderheiten. Denn insgesamt waren die griechische und später die römische Kulturen sehr sinnliche Lebenswelten, in denen die Erotik zwischen den Geschlechtern als das schönste Geschenk der Götter angesehen wurde. Diese Mythologie prägt die europäische und die westliche Geisteswelt bis in die Gegenwart.

EROTISCHE KULTUR DER RÖMER

Auch die Römer (Romani) sind eine indo-europäische Kultur, sie sind mit den Griechen verwandt. Sie kamen ab 1.000. v.C. auf dem Landweg und auf Schiffen nach Italien, wo sie auf sesshafte Ackerbauern (Etrusker) trafen. Denn anfänglich waren sie Hirtennomaden und Viehzüchter, aber bald lernten sie in der Region Latium (Lazio) den Ackerbau und wurden sesshaft. Ihre Sprache des Latein ist nach dieser Region benannt, früh gründeten sie Dörfer und ihre erste Stadt Rom (Roma). Nach dieser Stadt nannten sie später ihr ganzes Volk und das Imperium, das sie in vielen Jahrhunderten schufen. Als die Männer zu wenig Frauen in ihren Sippen hatten, raubten sie in einem Kriegszug bei den Sabinern die Töchter und zeugten mit ihnen Kinder. Danach waren die Töchter nicht mehr bereit, zu ihrem Volk zurückzukehren, und die Römer und die Sabiner schlossen ein Bündnis der Kooperation.

Dieser Mythos vom Raub der Sabinerinnen erinnert deutlich an historische Gegebenheiten. Denn in der Frühtzeit der Kulturen waren der Frauenraub oder der Viehraub häufig ein Anlass zu Kriegen und später zu Friedensschlüssen und zu Bündnissen. Aber es gab auch den Männerraub, wo männliche Sklaven von fremden Stämmen und Völkern geholt wurden. Durch ein System von Bündnissen vergrößerten die Römer ihren Staat, sie wurden Seefahrer und stießen mit ihren Schiffen zu den Küsten Nordafrikas vor. Dort sießen sie auf die Phönikier bzw. die Karthager, mit denen sie lange Kriege führten. In der Frühzeit hatten auch die Römer Könige (reges) als Heerführer und Verwalter; denn regere bedeutet lenken und ordnen. Später wurden die Könige durch einen Senat von adeligen Kriegern abgelöst (Consules).

Die Ackerbauern verehrten seit der Frühzeit viele Schutzgöttinnen der Erde (Tellus) und der Fruchtbarkeit, sie führten Riten für das Wachstum der Früchte, des Obsts und des Weines aus. Die Archäologen haben einen Festkalender der Bauern aus dem 4. Jh. v.C. gefunden, der dem König Numa Pompilius zugeschrieben wurde. Darin wird von Prozessionen um die Felder, von der Vertreibung böser Dämonen und von der heiligen Hochzeit (sacrum conubium) auf den Feldern und Viehweiden berichtet. Auch die Römer waren überzeugt, dass durch die Paarung der Männer und der Frauen zu bestimmten Festzeiten auf den Feldern das Wachstum des Getreides beschleunigt werde. Außerdem hatten die Römer viele heilige Orte (templa), wo die Schutzgötter der Liebe (Venus) angerufen wurden.

Die Göttin Venus ist eine altitalische Göttin der Fruchtbarkeit, die zuerst vor allem von den Bauern verehrt wurde, die später aber auch von den Menschen in den Städten als Beschützerin der erotischen Liebe angerufen wurde. Neben ihr wurde die Göttin des Getreides (Ceres) verehrt, aber auch die großen Göttinnen Flora und Fauna wurden angerufen. Denn Flora beschützte die Welt der Pflanzen, der Blumen und der Heilkräuter, die Göttin Fauna aber schenkte den Menschen die Wildtiere der Jagd. Die stärkste Kraft des Wachstums wurde aber der Göttin Venus zugeschrieben, denn sie trieb die Tiere zur Paarung, aber sie weckte vor allem in den Menschen die Sehnsucht nach Liebe und Erotik. Ihre Kultorte entstanden auf vielen Hügeln und in den Dörfern, später wurden ihr in den Städten große Tempel gebaut.

Denn das Leben und Überleben der Sippen hing von der Kraft der sinnlichen Liebe ab. Die Göttin aber weckte in beiden Geschlechtern das sinnliche Begehren, sie beschützte die Liebespaare und schenkte den Frauen viele Kinder. Ähnlich wie die Griechen stellten auch die Römer ihre Liebesgöttin als nackte Frau in vielen Statuen aus Marmor und in vielen Gemälden dar. Die Göttin war das Ideal der schönen und sinnlichen Frau, sie weckte in beiden Geschlechtern die Sehnsucht nach der sexuellen Vereinigung. Von den Römern leiten wir viele unsere Bezeichnungen der Liebeskunst her; denn sexus bedeutet das Getrenntsein (sercernere) der Geschlechter und ihre Sehnsucht nach Vereinigung; Auch Penis, Testes, Vagina und Clitoris kommen aus der lateinischen Sprache, sie wurden von den Ärzten an den Universitäten ausgewählt. Die Schamlippen der Frauen werden labia minora und maiora genannt.

In den Tempeln der großen Göttin Venus fanden die Riten der Fruchtbarkeit und der heiligen Hochzeit statt. Dort taten vor allem Priesterinnen und Tänzerinnen ihren heiligen Dienst, sie führten die jungen Männer in die erotische Liebeskunst ein; und sie standen der erwachsenen Männern gegen eine Spende für den Tempel zur Verfügung, um ihre Lebenskraft und Liebeskraft zu stärken. Die Göttin beschützte die Männer und die Frauen beim Liebesspiel; sie war aber auch beim homosexuellen Liebesspiel der Frauen gegenwärtig. Nur die homosexuellen Männer riefen beim Liebesspiel den Gott Amor an. Denn auch für die Römer war die Erfahrung der erotischen Liebe immer eine Begegnung mit dem Göttlichen (divinum) und dem Heiligen (sacrum). In der Mythologie waren die Götter und Göttinnen die großen Vorbilder der menschlichen Liebe.

Auch andere Göttinnen wurden bei der erotischen Liebe angerufen. Die gute Göttin (Bona Dea) schenkte den Liebenden die Gesundheit und die Zufriedenheit; die Göttin Concordia sorgte dafür, dass die Liebenden einander wohl gesonnen waren; die Parzen bestimmten für die Kinder der Frauern ein gutes Schicksal; Die Göttin Juno schütztе die Frauen in der patriarchalen Ehe, die Göttin Minerva schenkte den Liebenden die Weisheit und Klugheit des Alltags. Doch der große Liebesgott der Männer war Amor, der als starker und kluger Jüngling vorgestellt wurde. Denn dieser Gott machte die liebenden Männer und Frauen immer jung und beweglich. Auch er wurde auf vielen Bildern dargestellt, denn er schenkte beiden Geschlechtern die innere Lebenskraft.

In der Zeit der Spätantike erzählten auch die Römer den Mythos von Amor und Psyche. Der Liebesgott verband sich jede Nacht mit der göttlichen Seele, die weiblich gedacht wurde. Aber die Seele durfte den Gott nie sehen, so war die Vereinbarung. Als sie ihn auf den Rat ihrer Freundinnen hin trotzdem sehen wollte, und die Öllampe anmachte, was der göttliche Amor verschwunden. Und er kam lange Zeit nicht wieder, beide trauerten intensiv um einander, bis sich die Götter erbarmten und sie sich im Himmel der Götter wieder lieben durften. Der Mythos sagt, dass beim Liebesspiel das körperliche Handeln und das seelische Erleben tief verbunden sind, und zum zweiten dass dabei immer etwas Geheimnisvolles bleiben soll.

Viele Dichter schrieben oder sammelten Liebeslieder, die im Volk gesungen wurden; oder sie verfassten Dichtungen über die Liebeskunst der Geschlechter. Diese Werke wurden in den oberen sozialen Schichten verbreitet, die lesen und schreiben konnten. Auch die Philosophen verfassten größere und kleine Werke über das Erleben von sinnlicher Lust, vor allem die Schüler Epikurs. Und in vielen Mysterienvereinen wurde die Liebeskunst entfaltet und weiter entwickelt; dabei wurde das erotische Spiel der Geschlechter immer mit dem Größeren und Göttlichen verbunden. Wir erkennen deutlich eine Kultivierung und Zivilisierung der sexuellen Beziehungen in den Stadtkulturen des römischen Imperiums.

DIE GROSSE LIEBESKUNST

Aus der epikuräischen Philosophie stammte der römische Ritter und Dichter Publius Ovidius Naso (Ovid), der im Jahr 1 v.C. in Rom sein großes Werk über die »Liebeskunst« (ars amatoria) veröffentlicht hat. Er hatte daraus vor gebildeten Römern im Athenaion vorgelesen, dann wurde es von Schreiber vielfältig abgeschrieben und vor allem unter den Adeligen verkauft oder verschenkt. Dieses Werk hat die spätantike Kultur nachhaltig geprägt. Der Dichter verstand sich als ein einfriger Schüler der großen Göttin Venus, von ihr will er seine Botschaften empfangen haben. Denn er fährt im feurigen Wagen auf zum Götterhimmel, um dort über die Geheimnisse der Liebeskunst eingeweiht zu werden. Er verkündet den Menschen, dass alle Erdenbürger das natürliche Recht auf sinnliche Lust haben, die Freien und die Unfreien, die Männer und die Frauen.

Es bekümmert ihn, dass viele adelige Ehefrauen sexuell »brach« liegen, wenn ihre Ehemänner in fremden Provinzen tätig oder im Krieg sind. Denn auch den römischen Ehefrauen war es nach dem Gesetz des Staates verboten, fremde Sexualpartner zu wählen; auch hier ging es um die rechtmäßige Weitergabe des Erbes. Die Männer wollten sicher gehen, dass die Kinder ihrer Frauen von ihnen stammen. Zwar hielten sich viele Frauen nicht an dieses Verbot, aber es behinderte das freie Liebesleben. Da hatten es die nicht verheirateten

Frauen leichter, denn sie unterlagen keinen Liebesverboten. Adelige Frauen durften sich auf keinen Fall mit ihren Sklaven paaren, der Imperator Augustus hatte diese Eheregeln noch einmal im ganzen Reich eingeschärft und verkünden lassen.

Doch selbst seine Enkelin hielt sich nicht daran. Denn bei einem Festgelage paarte sie sich in einem Nebenraum mit einem Ritter, mit dem sie nicht verheiratet war. Publius Ovidius Naso war mit anderen Rittern Zeuge dieses Liebesspiels. Als der Imperator davon hörte, ließ er alle Augenzeugen des Vorfalls aus der Stadt Rom verbannen. Ovidius Naso musste mit seiner Familie und mit seinen Sklaven in die Stadt Tomis am Schwarzen Meer auswandern, er durfte bis zu seinem Tod nicht mehr nach Rom zurückkehren. Doch sein Werk über die Liebeskunst hatte er schon vorher veröffentlicht, es wurde in Rom heftig diskutiert. Der Imperator ließ einige Exemplare dieses Werkes verbrennen, doch es verbreitete sich trotzdem sehr schnell unter den Gebildeten.

Der Dichter verkündet die Botschaft, dass die Liebenden ihre Liebespartner frei wählen sollen. Denn die Ehen werden zumeist aus wirtschaftlichen und politischen Gründen geschlossen, daher sollen sie durch die freie Liebe ergänzt werden. Die meisten Männer haben die Möglichkeit, sich ihre Liebespartner frei zu wählen, aber viele Frauen haben diese Möglichkeit nicht. Der Dichter fordert nun auch die Frauen auf, mehr als bisher von dieser Möglichkeit Gebrauch zu machen. Sie sollen ihre männlichen Liebespartner dort suchen, wo sie zu finden sind; nämlich bei Gastmählern, oder im Theater, oder in der Rennbahn oder im Circus maximus. Sie sollen ihre Augen offen halten nach Männern, die auf eine Einladung zum Liebesspiel warten. Adelige Frauen können dafür auch ihre Sklavinnen und Dienerinnen einsetzen, sie sollen viele Möglichkeiten nutzen.

Zunächst geht es für beide Geschlechter darum, ein guter Liebespartner zu sein und zu werden. Die Männer und die Frauen müssen ihre Körper pflegen. Sie müssen gesund leben und ihre Muskeln trainieren, ver allem aber müssen sie ihren Verstand einsetzen. Sie sollen auf die Götter und Göttinnen blicken, die unsere großen Vorbilder im Liebesspiel sind. Auch wir Menschen müssen unseren Geist bilden und unsere Seele kultivieren. Viele Männer blicken auf den Gott Bacchus (Dionysos), den Schutzgott des Weines und der sinnlichen Liebe. Der Wein kann das erotische Begehren anfachen, aber er soll masßvoll getrunken werden, denn die Trunkenheit zerstört jedes Liebesspiel. Der Gott Bacchus und die Göttin Venus sollen im Gleichgewicht sein.

Die Männer müssen lernen, sich an der Schönheit des weiblichen Körpers zu freuen. Und die Frauen beginnen, die Vorzüge des männlichen Köroers zu schätzen. Doch immer sollen der Körper (corpus) und die Seele (anima) im Gleichgewicht sein, denn die Liebe ist auch ein seelisches Geschehen; sie ist nie bloß eine körperliche Verrichtung. Die Frauen erwarten von den Männern die Beweglichkeit des Körpers und des Geistes. Beide Geschlechter müssen sich mit ihren Gefühlen nähern, sie können sich gegenseitig Botschaften zusenden; sie können für einander Liebesgedichte schreiben. Männer sollen mit kleinen Geschenken um die Frauen werben, sie müssen sich anstrengen; denn die Göttin liebt nicht die Faulen und die Bequemen.

Oft sollen die Männer die Frauen zum Tanz einladen, um sich an ihrer Schönheit erfreuen zu können. Die

Frauen sollen den Männern Gedichte schreiben, oder sie sollen vor ihnen Lieder singen. Wenn sie krank sind, sollen sie sich gegenseitig besuchen. Den Streit sollen sie vermeiden, den sollen sie den Ehepaaren überlassen. Wenn die Liebe zu erkalten droht, dann genügt oft ein Hinweis auf einen anderen Liebesparner, der in Sicht ist. Dann flammt die Liebe gleich wieder auf, denn die Königsherrschaft und die Liebe vertragen keine Teilhabe. Viele Frauen, aber auch Männer werden von der Urkraft der Liebe in die Raserei getrieben, sie können und wollen ohne den Liebespartner nicht mehr leben.

Der Dichter sagt den Männern, die Liebe brauche die Verschwiegenheit und das Geheimnis, sie dürfe nicht öffentlich breit getreten werden. Denn die Göttin Venus findet sich nicht auf den lauten Straßen, sie sucht die stillen Orte, Wälder und Haine, Wiesen mit Blumen. Auf ihren Standbildern bedeckt die Göttin immer mit der linken Hand ihr Geschlecht, sie bietet sich nie den gaffenden Zusehern an. Denn beim erotischen Liebesspiel gibt es nie das Zusehen, sondern immer nur das Mitspielen. Die Liebenden begegnen einer stärkeren Kraft, der Urkraft des Lebens, sie werden von ihr mitgerissen. Die Gespräche über die Liebeskunst hat der Dichter auch in den Tempeln der Göttin Venus geführt, Priesterinnen waren daran beteiligt. Er sagt den Männern, sie sollen sich nicht allein auf ihre Körperkraft verlassen, sie müssen auch ihren Geist und ihre Gefühle bilden.

Das Liebesspiel kann an verschiedenen Orten stattfinden; wenn es im Dunkeln statfindet, können die Mängel des Körpers nicht mehr gesehen werden. Kein Mensch hat einen perfekten Körper, mit der Liebe verschwinden alle Mängel und alle Begrenztheit wird unwichtig.

Deswegen können jüngere Männer auch ältere Frauen lieben, denn sie sind reich an erotischer Erfahrung. Sie verstehen es, die Männer langsam zum Höhepunkt der Lust zu führen. Sie sind wie große Platanen, die schon von vielen Kriegshelden bestiegen wurden. Es ist eine große Kunst, wenn die Männer und die Frauen zur gleichen Zeit zum Höhepunkt ihrer Lust (Orgasmus) gelangen; die Männer sollen dabei nicht vorauseilen, sie sollen so lange warten, bis die Frauen nachkommen.

Denn die Frauen brauchen mehr an Zeit, bis sie zum Höhepunkt zusteuern, dafür hält ihre Lusterfahrung dann länger an als bei den Männern. Die Liebenden können sich gegenseitig zärtliche Worte sagern, sie können vor Sehnsucht und wilder Lust stöhnen und schreien; sie können ihre Bewegungen auf einander abstimmen. Und die Männer können es lernen und üben, ihren Samen längere Zeit zurückzuhalten, damit auch die Frauen zum Höhepunkt des Glücks kommen können. Sie spüren, wie die Schwellkörper der Frauen (clitoris) und ihre Schamlippern anschwellen, um volle und tiefe Lust zu erleben. Dabei schwinden den Liebenden die Sinne, sie spüren nicht mehr, was in der Außenwelt um sie herum vorgeht.

Dann beschreibt der Dichter das Liebesspiel aus männlicher Sicht, die Hände des Mannes gleiten über den ganzen Körper der Frau, sein Mund küsst die Schultern, die Arme, den Hals, die Brüste und den Bauch der Frau. Die Finger gleiten hinunter zu ihrem großen Venushügel, zum Urwald der Göttin, zur Quelle des Lebens, zu den Schamlippen und zum Kitzler. Das ist der Brunnen, wo der Gott Amor seine Pfeile netzt. Die Männer sprechen vom Himmelstor oder der Blüte der Rose. Dann folgt die Zunge den Spuren der Finger, sie nimmt den Duft der

Rose voll auf. Dann gleitet der Blütenstängel des Mannes sanft in die Rosenblüte und beginnt dort wild zu tanzen. Beide Geschlechter schwimmen nun eine Zeitlang auf den Wellen ihrer Lust, die Zeit bleibt für sie stehen.

Schon die Griechen Hektor und seine Frau Andromache seien die großen Vorbilder der sinnlichen Liebe gewesen. Die Liebenden sollen den Höhepunkt ihrer Lust (culmen voluptatis) lange Zeit genießen. Diese Wonnen der Göttin Venus dürfen nicht überstürzt herbeigeführt werden, sie müssen langsam anschwellen. Beide Partner sollen kurz die Augen schließem, um das Feuer ihrer Liebe (ignis amoris) voll zu spüren. Beide geben Laute der Lust von sich oder sie lallen unverständliche Worte. Nach diesem Höhepunkt der Lust bleiben beide eng umschlungen liegen, sie spüren ihre pochenden Körper, sie erleben tiefe Gefühle der Hingabe. Sie befinden sich wie in einem Traum und kommen wie aus einer anderen Welt wieder langsam zu sich. Aber beide spüren die Urkraft der Göttin Venus in ihren Gliedern.

Im nächsten Teil seiner Werkes wendet sich der Dichter an die Frauen und Mädchen, auch für sie hat er eine Botschaft der Göttin zu sagen. Sie sollen sich gut auf die Liebe vorbereiten; dabei ist es gleichgültig, ob sie groß oder klein sind, ob ihre Haut weiß oder dunkel ist. Sie müssen ihren Körper pflegen, denn sie sind für die Männer die Lehrmeisterinnen des empfindsamen Liebensspiels. Denn sie haben viele Möglichkeiten, die Männer zu lenken. Die Ehefrauen sollen es über ihre Sklavinnen öffentlich erzählen, wenn sie von ihren Ehemännern geschlagen werden.; dann werden die Männer ihr Verhalten ändern. Die Frauen pflegen ihre Haut und die Haare, sie lernen erotische Tänze und Lieder, oder sie spielen die

Flöte oder die Harfe. Sie sollen sich von den neun Musen führen lassen.

Wo aber können die Frauen geeignete Liebespartner finden? Sie sollen in das Theater, zu den Wettkämpfen der Gladiatoren und zu den Pferderennen gehen, denn dort finden sich viele Männer, die nach Frauen Ausschau halten. Die Frauen sollen dort ihre Schönheit zeigen, sie sollen die Männer ihrer Wahl in ein Gespräch verwickeln. Aber sie sollen sich nicht von deren Kleidung und Reichtum betören lassen. Sie müssen den gesunden Hausverstand und den kritischen Blick einsetzen, um nicht Täuschern und Betrügern ins Netz zu gehen. Denn sie müssen erkennen, ob die Männer zärtliche Gefühle nur spielen, oder ob sie diese wirklich erleben. Durch längere Gespräche über die Liebe können sie den Charakter eines Mannes erkunden. Wenn sie einen Liebhaber gefunden haben, dann dürfen sie es nicht ihren Freundinnen erzählen, denn diese könnten sehr schenll auch Gefallen an diesem Mann finden.

Wer eine Sklavin zur Seite hat, soll ihr Geld geben, damit sie niemandem von der neuen Liebe ihrer Herrin erzählt. Auch reiche Frauen müssen darauf achten, dass sie keinem Gauner und Betrüger ins Netz geher. Und wenn sie sich betrogen fühlen, müssen sie eine Liebesbeziehung sofort beenden. Dann spricht der Dichter über die Körperstellungen der Frauen, die sie beim Liebesspiel einnehmen sollen. Wer einen schönen Busen und ein volles Gesicht hat, soll sich von vorne lieben lassen Dann können die Männer die Brüste und die glühenden Augen bewundern. Frauen, die stolz sind auf ihren Rücken, sollen sich von hinten lieben lassen, denn dann genießen sie den männlichen Liebesstängel in ihren Lotosblüten. Mit den Fingern können sie die »Goldkugeln« der Männer kraulen und dabei ihren wilden Gefühlen freien Lauf lassen.

Viele Frauen halten beim Liebesspiel die Symbole des Gottes Amor in den Händen, nämlich einen erigierten Penis. Das soll ihre Lust verstärken. Sinnliche Frauen lassen den Mann auf dem Rücken liegen und sie reiten wild auf seinem Liebesstängel; dabei richten sie sich auf oder neigen sich nach vorne; bald zeigen sie dabei den Männern ihren Rücken, bald ihre Brüste. Als wilde Reiterinnen zeigen die Frauen ihre Dominanz über die Männer.

Wenn sich die Frau auf den Rücken legt und ihre Schenkel öffnet, dann lädt sie den Mann zum Küssen ihrer Schamlippen und ihrer Klitoris ein. Sie spürt, wie ihr Kitzler groß wird und anschwillt, dabei erlebt sie himmlische Lust. Sie gibt dem Mann ein Zeichen, wann er mit seinem Liebesstängel in ihre weite Lotosblüte eindringen darf; sie presst die Muskeln ihrer Vagina zusammen und bestimmt den Rhytmus der Bewegungen. Nun schweben beide auf den Wellen der Lust. Von der Reiterin Lucina wird erzählt, dass sie sich auf dem Rücken der Pferde lieben ließ. Sie hielt sich an den Mähnen fest und öffnete ihre Schenkel; dabei konnte ihr Freund in ihre Rosenblüte eindringen, während die Pferde in Bewegung waren. Oder sie kniete auf dem Rücken des Pferdes und ließ sich von hinten lieben. Aber das sind nur Liebeskünste für geschickte Reiter.

Der Dichter berichtet auch, wie die Schulen der Philosophie in Rom die sinnliche Liebe sehen. Die Platoniker betonen den seelischen Austausch der Liebespartner und den Glweichklang der Gefühle. Die Stoiker sagen, auch die erotische Liebe müsse mit den Kräften der aufrechten Vernunft gelenkt werden, kein Mensch soll sich in unvernünftige Liebesabenteuer stürzen. Die Kyniker der Unterschicht betonen das natürliche Leben, die Gleichwertigkeit der Geschlechter und den Wert der freien Liebe. Doch die Epikuräer sehen im Erleben der sinnlichen Lust das höchste Ziel des menschlichen Lebens. Denn alle Menschen wollen von ihrer Natur her viel an Lust erleben und den Schmerz vermeiden. Alle diese Schulen waren zur Zeit des Dichters bereits in Rom vertreten.

Der Dichter Ovidius Naso stand der Schule der Epiluräer nahe; als er das Buch veröffentlichte, fand es durch Schreiber schnelle Verbreitung. Vor allem die Adeligen und die reicheren Bürger der Stadt kauften und lasen es, es verbreitete sich im ganzen Imperium. Der Imperator Augustus befürchtete eine Auflösung der strengen Ehemoral, die er mit seinen Gesetzen stärken wollte. Doch das Buch hat die erotische Kultur im Imperium deutlich angeregt, wie uns viele Malereien aus der römischen Kaiserzeit zeigen. Vor allem die Mosaiken der Stadt Pompej, die im Jahr 79 n.C. durch den Vulkan Vesuvius in Schutt und Asche versunken war, zeigt die Vielfalt der sexuellen Liebesszenen der römischen Oberschicht.

Mit der Christianisierung des Imperiums ab 381 n.C. wurde die Verbreitung des Buches verboten und es wurde die erotische Kultur deutlich zurückgedrängt. Denn christliche Theologen (Augustins) lehrten, Sexualität sei nur innerhalb der geheiligten Ehe erlaubt; außerhalb dieser Ehe sei sie eine »Sünde« (peccatum) vor Gott. Damit wurden alle Männer und Frauen, die keine Ehe eingehen konnten, zu Sündern gestempelt. Diese Bewertung blieb weit bis ins 20. Jh., doch die Theologen schämten sich ihrer Abwertung der Sinnlichkeit und der Sexualität nicht.

Im 15. Jh. wurden in einigen Bibliotheken der Fürsten und der Klöster wieder Texte der »Ars amatoria« von Ovid gefunden und von neuem abgeschrieben; ab 1490 wurde das Buch in kleinen Auflagen sogar schon gedruckt. Es hat die erotische Kultur an den Fürstenhöfen der Renaissance und des Humanismus deutlich geprägt. In dieser Zeit entsanden neue Werke der Liebeskunst, etwa von Leone Ebreo die »Dialoghi de Amore« (1510) in Italien. Aber erst mit der Zeit der rationalen Aufklärung konnte sich in Europa unter den Gebildeten wieder zaghaft eine erotische Kultur entfalten. Die Gesellschaften in Europa haben erst im 20. Jh. wieder die Qualität der erotischen Kultur und der freien Liebe erreicht, die in der Zeit der gesamten antiken Kultur gegeben war.

Insgesamt lässt sich sagen, dass die Römer in ihrem großen Imperium fast über 500 Jahre auch die erotische Kultur in den einzelnen Regionen mitgeprägt haben. Gewiss wurde diese Kultur nur in den oberen sozialen Schichten verbreitet, aber auch die Mittelschicht der Händler, der Handwerker und der Grundbesitzer konnten davon profitieren. Doch die unteren sozialen Schichten blieben bei ihren sexuellen Gewohnheiten und Regeln, die in ihren Völkern und Stämmen verbreitet waren. Die Bauern und die Hirten, die Knechte und Mägde und die Sklaven lebten sehr naturnahe Formen der Sexualität. Sie hatten nicht die Zeit und die Möglichkeiten, das sexuelle Liebesspiel breit auszudehnen und zu vertiefen. Für die Bauern und die Viehzüchter blieben die Riten der heiligen Hochzeit auf den Feldern und Viehweiden wichtig.

LIEBESKUNST IN ALTEUROPA

Von den Völkern West- und Nordeuropas, aber auch Mittel- und Osteuropas haben wir wenig schriftliche Zeugnisse über die erotische Liebeskunst. Denn die Völker der Kelten, der Germanen, der Slawen, der Balten, der Finnen und der Ugrier haben keine Schriftkultur entwickelt, bevor sie christianisiert wurden. Daher kennen wir deren Mythen und Riten nur durch Aufzeichnungen der christlichen Missionare, die ihnen die lateinische und die kyrillische Schrift brachten. Einige Steinzeichnungen an den Kultorten geben uns Hinweise auf bestimmte Riten, doch die mythischen Erzählungen sagen uns auch etwas über das Sexualverhalten der Götter und der Menschen. Denn alles, was über die Götter gesagt wird, wurde zuerst von den Menschen erlebt.

Keltische Mythologie

Die Kelten waren Indo-Europäer, sie wanderten ab 1.000 v.C. von Osten kommend in Mitteleuropa und in Westeuropa ein. Sie kamen als Hirtennomaden und Viehzüchter an und wurden in Europa langsam zu sesshaften Ackerbauern. Sie siedelten von Mitteleuropa bis Spanien, Gallien, England und Irland. Ab dem 1. Jh. v.C. kamen sie unter die Herrschaft und Abhängigkeit der Römer (G.J. Caesar), daher berichten römische Schriftsteller viel über die Mythologie und die Lebensformen der keltischen Stämme. Die späteren Berichte stammen von den christlichen Missionaren, die den Völkern den christlichen Glauben gebracht haben.

Die Römer berichten von der keltischen Liebesgöttin Brigid, welche in den Männern und in den Frauen die Liebeskraft weckt und welche die Liebenden beschützt. Sie steht vor allem den Frauen beim Liebesspiel bei, aber sie hilft ihnen auch bei den Geburten ihrer Kinder. An ihren Kultorten wurden Riten der Fruchtbarkeit ausgeführt, von den Ackerbauern und von den Viehzüchtern. Viele Orte tragen den Namen der Göttin, etwa Bregenz in Österreich (Brigantium) oder Briancon in Gallien; der Bodensee hieß bei den Römern Lacus Brigantius. Ein Kultfest der Göttin war im Februar, wenn die Lämmer geboren wurden; ein zweites Fest war im Mai, wenn die Lämmer auf die Weiden getrieben wurden. Alle diese Feste waren mit Riten der Fruchtbarkeit und mit der Vertreibung des bösen Dämonen verbunden. Die Priesterinnen nannten die Göttin die Strahlende und die Leuchtende.

Die Männer und die Frauen liebten sich im Sommer in der freien Natur, auf Wiesen und Feldern, unter Bäumen und in Wäldern. Von den keltischen Reitern wurde berichtet, dass sich die Paare auch auf dem Rücken der Pferde liebten. Von den Ahnen wird erzählt, dass sie nach dem Tod in das lichte Land »Mac Mell« kommen, wo sie glücklich leben und sich der erotischen Liebe hingeben. Dort feiern sie große Festmähler und leiden keine Schmerzen mehr. Dieses Land der Ahnen wird auf hohen Bergen oder auf fernen Inseln im Meer vermutet. Die Kelten verehrten viele Göttinnen, die das Getreide, das Land und die Flüsse schützten. Die Göttin Dan brachte in Irland das Getreide, die Göttin Eriu schützte die ganze Insel; sie hieß daher Eriuland oder Eire.

In Gallien sind die großen Flüsse (Seine, Saone) nach keltischen Göttinnen benannt, weil dort ihre Kultorte waren. Die Berge Ardennen (Arduna) und Vogesen (Vogesus) tragen die Namen von keltischen Göttern. Weit verbreitet war der Pferdekult um die Göttin Epona; große Städte in Europa tragen den Namen des Gottes Lug, nämlich London (Lugdunum) und Lyon. Die Götter paaren sich wie die Menschen, sie folgen bereits der Ordnung der patriarchalen Ehe. Doch die Mehrzahl der Menschen, die Unfreien und die Besitzlosen, lebten ihre Sexualität ohne Bindungen der Ehe. Über die Formen der erotischen Kultur verraten uns die Mythen kaum etwas.

Germanische Mythen

Auch die germanischen Völker und Stämme sind Indo-Europäer, sie kommen ab 1.200 v.C. in mehreren Wellen als Hirtennomaden nach Nordeuropa, in einer klimatischen Wärmezeit. Sie wurden südlich der Ostsee und in Skandinavien sesshaft und lernten den Ackerbau; aber sie lebten weiterhin auch als Viehzüchter, als Jäger und als Fischer auf dem Meer. Deren Mythen sind später aufgeschrieben worden (Edda), doch die meisten Erzählungen kennen wir aus den Berichten der christlichen Missionare (Ansgar). Die Götter sind für sie Naturgewalten, wie Blitz und Donner (Donar), später aber vergrößerte Menschen. Sie sind Geistwesen in Menschengestalt, welche von den Menschen in Notsituationen angerufen werden können. Ihre Bezeichnungen guda, göd, god, got und

Gott meinen die anrufbaren Wesen, welche die Sprache der Menschen verstehen.

Auch die germanischen Stämme verehrten Schutzgöttinnen der erotischen Liebe, eine von ihnen war Freya, welche die Frauen bei den Geburten beschützte. Nach ihr ist ein Tag der Woche benannt, der Freitag (Friday). Eine andere Göttin war Frigg, welche die Liebespaare zu einander führte. Die Walküren sammelten die toten Krieger ein, erweckten sie zum Leben und brachten sie zum großen Festamal nach Walhalla, wo sie sich auch der erotischen Liebe freuen durften; eine andere Burg für das Liebesmahl der toten Krieger war Folkwang. Gefürchtet waren die Nornen, die bei der Geburt der Kinder deren Schicksal und die Stunde ihres Todes festlegten. Die Vanen waren die Götter der Fruchtbarkeit, sie schenkten den Männern und den Frauen die Lebenskraft.

Von der Göttin Skadi wird erzählt, dass sie in den Wäldern Skandinaviens lebte; als Jägerin glitt sie auf zwei Baumästen, die Skier genannt wurden, durch den Schnee, um nicht einzusinken. Der Götterrat beschloss, dass sie den Meeresgott heiraten musste, danach lebte sie ein halbes Jahr auf dem Meer und ein halbes Jahr in den Bergen. Doch die Göttin hatte Heimweh nach den Bergen und begehrte die Scheidung; diese wurde vom Götterrat erlaubt und die Göttin durfte in die Berge zurückkehren. Sie gilt bei den Germanen als Jägerin und als erste Skifahrerin, Der Mythos sagt, dass bei den oberen sozialen Schichten auch die Frauen die Scheidung einer patriarchalen Ehe verlangen konnten. Andere weibliche Göttinnen sind die Disen und die Elfen, welche den Menschen gute und böse Botschaften übermitteln.

Die Göttin Ran hatte in den Tiefen des Meeres ihre Burg, sie lockte die männlichen Seefahrer auf das Meer zum Fischfang. Dabei zog sie deren Schiffe in die Tiefe und lud die versunkenen Männer zum Liebespiel in ihre Burg ein. Die Göttin Skif hatte silbernes Haar, damit verlockte sie die Kriegshelden zum Liebespiel. Auch die Sonne (sun) war ein göttliches Wesen, bei den Germanen wird sie als Göttin gesehen; sie schenkte den Menschen die Wärme, das Wachstum und die erotische Liebeskraft. Auch in der germanischen Mythologie sind es vor allem die Göttinnen, welche die Männer zum Liebespiel einladen. Auch das Land der Ahnen ist voller Glück und Erotik, da werden keine Schmerzen mehr erlebt.

Slawische Mythen

Die slawischen Völker sind Indo-Europäar, die als letzte aus dem Osten kommen nach Osteuropa zogen; sie kamen dort als Viehzüchter und Hirtennomaden an, aber sie lernten den Ackerbau und wurden sesshaft. Zu diesen Völkern gehören die Westslawen (Polen, Tschechen, Slowaken), die Ostslawen (Russen, Bulgaren) und die Südslawen (Kroaten, Serben Slowenen). Auch sie kannten als Viehzüchter und als Ackerbauern die Riten der Fruchtbarkeit, die auf den Feldern und Viehweiden ausgeführt wurden. Die Slawn verehrten viele männliche Götter (Swantevit, Swarog, Triglav), sie kannten das Pferdeorakel und erzählten Mythern von ihren großen Eroberungen. Die Frauen verehrten die Schutzgöttin Mokesch, die sie bei der Geburt der Kinder beschützte. Diese Göttin wurde von den Frauen auch beim Liebesspiel angerufen, dass sie nicht verletzt wurden und dass sich bald ein Kindersegen einstellte.

Die Mythen erzählen von einer göttlichen »Mittagsfrau«, welche zu Mittag in die Häuser der Menschen kam und dort die neu geborenen Kinder raubte. Dieser Mythos drück wahrscheinlich die Angst vor dem frühen Tod der Kinder aus. In den Häusern der Menschen lebten unsichtbar weibliche Geistwesen (domovoi), welche die Sippen beschützten und die Liebespaare zusammenführten. Gefürchtet waren die weiblichen Wassernymphen (rusalkas), welche die Fischermänner in die Seen und Flüsse lockten, um sie dort in die Tiefe zu ziehen. Auch hier ist von einer Hochzeit der ertrunkenen Männer mit den Wassernymphen die Rede. Geschätzt wird allgemein das Land der Ahnen und Vorfahren, wo deren Seelen in veränderter Gestalt weiterleben; auch dort wird von Liebesglück und Erotik erzählt.

Wir erkennen, dass die Mythen den Menschen ein glückliches Leben in der Zukunft versprechen, das im irdischen Leben oftmals nicht möglich war. Zu diesem glücklichen Leben im Land der Ahnen gehören große Festmähler mit Tanz und Musik und mit dem erotischen Liebesspiel für alle. Erzählt wird von den weiblichen Wassergeistern, den Vilen, welche die Gestalt von Schwänen annehmen konnten und erotische Tänze aufführten Auch diese Schwäne verleiteten die Männer und die Frauen zur sexuellen Paarung. So wird das Liebesspiel in den Mythen ständig angedeutet, doch es wird nie ausführlich beschrieben; aber es wird immer mit der Welt der Götter in Verbindung gebracht.

Viele Mythen erzählen von einer göttlichen Urmutter (mamuschka), welche die Sippen zusammen hielt.

Das deutet darauf hin, dass auch bei den slawischen Völkern die Frauen das Zentrum der Sippen bildeten und die Erziehung der Kinder leiteten, während die Männer nur im Außenbereich dominant waren. In wie weit sich eine erotische Lebenskultur bilden konnte, können wir aus den Mythen nicht erfahren.

Baltische Mythen

Die baltischen Völker (Litauer, Letten und Pruzzen) sind Indo-Europäer, sie sind als Viehzüchter und Hirtennomaden aus dem Gebiet der Wolga nach Nordeuropa eingewandert, sie wurden in den Regionen südlich der Ostsee sesshaft. Sie lernten den Ackerbau, lebten aber weiter als Viehzüchter, als Jäger und als Fischer. In ihren Mythen thematisieren sie vor allem den Anbau von Getreide, den Fischfang und die Jagd. Die Götter und Göttinen werden als große Kornbauern vorgestellt, die auf großen Höfen wohnen und mit ihren Söhnen und Töchtern, mit Knechten und Mägden die Felder bewirtschaften. Darin wird genau die soziale Schichtung der Menschen gespiegelt und in den Himmer der Götter projiziert.

Für die Fruchtbarkeit der Felder ist vor allem die Sonnengöttin Saule wichtig, denn sie schickte den Menschen das Licht, die Wärme und das Wachstum. Bei ihr wohnen die Töchter, die Söhne sind in fremde Sippen gezogen. Jeden Tag ritt die Göttin auf einem Pferd über das große Himmelszelt, am Abend stieg sie vom Pferd, sie legte ihren Gürtel ab und suchte sich unter der Göttern einen männlichen Liebespartner, aber jeden Abend einen anderen. Mit diesem Partner feierte sie an jedem Abend das Liebesspiel. Ihre Töchter hießen Deiva meites, sie wurden von den Söhnen der Götter (Deiva deli) umworben. Auch der große Himmelsgott Dievs war ein reicher Kornbauer, er hatte viele starke Söhne. Er war mit der Sonnengöttin verheiratet, doch sie hatte sich von ihm getrennt. So muss er jetzt um sie werben, damit er sie wieder als Liebespartnerin bekommt.

Die Göttersöhne helfen bei der Arbeit auf den himmlischen Kornfeldern mit, am Abend suchen sie sich ihre Liebespartnerinnen unter den Töchtern der Göttin. Immer wenn bei den Menschen die Hochzeit gefeiert wurde, waren die Sonnengöttin und der Himmelsgott unsichtbar als Brautführer dabei. Die Menschen feierten zur Zeit der Aussaat jedes Jahr auf den Feldern und Wiesen die heilige Hochzeit, um das Wachstum zu befördern. Sie hatten auch bereits Kultorte, bei denen sie ihre Schutzgötter um Hilfe und Beistand anriefen. Die Göttin Jumis ließ das Getreide wachsen, sie vertrieb die bösen Dämonen der Getreidekrankheiten und der Fäulnis. Die Bauern feierten Riten, um die bösen Dämonen der Krankheit und des frühen Todes von ihren Höfen zu vertreiben. Nur ein Teil der Bevölkerung konnte heiraten, der andere Teil lebte in freien sexuellen Beziehungen.

Nach dem Tod kamen die Seelen der Menschen in das Totenland, das auf einem hohen Berg lag. Sie mussten auf diesen Berg hinauf klettern, doch oben hatten sie ein glückliches Leben. Die Seelen der Bauern, die Pferde hatten, konnten mit einem Pferd auf diesen Ahnenberg reiten, doch alle anderen Seelen mussten mühsam hinaufklettern. Damit sie besser klettern konnten, jagten die Männer in den Wäldern die Bären, sie gaben die Pfoten der Bären den Toten mit in das Grab. Denn mit diesen Krallen der Bären sollten die Seelen besser auf den Berg der Ahnen hinauf kommen. Die Seelen der Ahnen wurden von den Sippen regelmäßig zu den großen Festen eingeladen, sie kontrollierten ihre Nachfahren, aber sie halfen ihnen auch in Notsituationen.

So erfahren wir aus den Mythen der Balten wenig über ihre erotische Lebenskultur. Wir erkennen aber, dass die Frauen eine starke Rolle in den Sippen gespielt haben und dass Frauen mit Besitz selbständig ihre Liebespartner wählen konnten. Als diese Mythen entstanden, war die patriarchale Ehe noch nicht allgemein durchgesetzt; und Frauen konnten die Scheidung einer Ehe begehren. Wir erkennen auch, dass der heiligen Hochzeit auf den Feldern und Wiesen magische Kräfte zugeschrieben wurden. Die sexuelle Verbindung der Geschlechter hatte einen Bezug zu den großen Göttern und Göttinnen, sie waren für die Menschen die Vorbilder beim Liebesspiel.

Mythen der Finn-Ugrier

Die Finn-Ugrier sind keine Indo-Europäer, sie gehören zu den Uralvölkern, die in Europa eingewandert sind. Zu ihnen zählen die Finnen, die Esten und die Ungarn, sie lebten lange Zeit als Jäger und als Hirtennomaden, erst spät lernten sie den Ackerbau und wurden sesshaft. In ihren Mythen erzählen sie von den Wanderungen in Wäldern und Steppen, von göttlichen Urmüttern und von magischen Schutztieren. Bei ihnen waren es die Schamanen und die Mantikerinnen, welche mit den Seelen der Vorfahren und mit den vielen Schutzgöttern Verbindung aufnehmen konnten. Sie konnten mit ihren Ekstasetechniken böse Dämonen vertreiben und Krankheiten heilen. Sie erzählten die Mythen und richteten die Kultorte ein.

Die Ungarn, die mit den Bulgaren in Verbindung kamen, erzählen von einem Stammvater Magyar, nach dem sie sich benannten (Magyaren). Aber sie verehrten auch die große Urmutter Baldogoszany, von der vor allem die Frauen Schutz und Hilfe erbaten. Sie beschützte die Frauen bei den Geburten, aber sie schenkte auch den Kriegern die Siege über die Feinde. Die Schamanen tanzten sich in die Ekstase, um die Botschaften der Ahnenseelen und der Schutzgeister zu vernehmen.

Auch die Finnen erzählen von göttlichen Urmüttern, die den Sippen das Leben und die Nahrung sandten.

Über die sexuellen Riten erfahren wir in den Mythen dieser Völker wenig. Erst mit der Sesshaftwerdung als Ackerbauern beginnen sie mit den Riten der Fruchtbarkeit. Auch sie feierten die heilige Hochzeit auf den Feldern und Wiesen, bei den Prozessionen und an den heiligen Orten. Mit der Christianisierung dieser Völker ging die Verehrung der göttlichen Urmutter auf die Jungfrau Maria über, die als »Königin des Himmels« verehrt wurde. Die patriarchale Ehe konnte nur bei den Besitzenden und Freien eingeführt werden, die unfreien und besitzlosen Männer und Frauen paarten sich nach freier Wahl; ihre Kinder wurden in den großen Gemeinschaften erzogen.

LIEBESKULTUR IN INDIEN

Der indische Subkontinent wurde und wird von vielen Völkern bewohnt und besiedelt. In der Frühzeit lebten dort Jäger und Sammler und Fischer, mit dem Ende der Eiszeit entstanden in den großen Flußtälern die ersten Kulturen von Ackerbauern. Archäologisch am besten erforscht sind die Kulturen im Industal, im heutigen Pakistan; dort lebten Ackerbauern seit dem 7. Jahrtausend v.C. Die Kultur von Harappa und Mohenjo Daro im 3. und 2. Jahrtausend v.C. hat uns wertvolle archäologische Funden hinterlassen. Dazu gehören Häuser, die aus Lehmziegeln gemauert wurden, ein rituelles Bad aus Ziegeln mit Naturharz verdichtet; vor allem aber viele weibliche und männliche Figuren aus Ton, die auf erotische Riten hinweisen.

Nun sind ca. 80% dieser Firguren mit weiblichem Geschlecht und nur 20% mit männlic hem Geschlecht. Dies deutet darauf hin, dass die Frauen beim Ritual, aber wohl auch in der Lebenswelt bestimmend waren. Dann die Frauen entwickelten eine Schrift, die allerdings bis heute nicht entziffert werden kann. Diese Kulturen feierten Riten der Fruchtbarkeit für die Felder und Obstgärten, aber auch für die Haustiere und für die Menschensippen. Viele dieser Riten und die angerufenen Schutzgötter gehen im späteren Tempelritual weiter. Vor allem die Tanzriten der südindischen Kulturen (Tamilen) wurden stark von den Frauen geprägt und getragen.

Ab 1.500 v.C. begann in Nordindien in mehreren Wellen die Einwanderung der Indo-Arier (Aryas), die von Persien her nach Pakistan und nach Nordindien kamen. Sie kamen als Hirtennomaden mit Rindern, Pferden, Schafen und Ziegen an, sie besiegten die friedvollen Ackwerbauern und lernten von ihnen den Feldbau und die Kultivierung von Obst und von Wein. Sie bildeten fortan die Oberschicht und verbanden sich zum Teil mit den ansässigen Bauern. Diese Indo-Arier bildeten bereits drei bzw. vier große soziale Schichten, sie verbanden ihre Schutzgötter mit den Göttern der Urbewohnern. Vor allem, sie schufen eine frühe Schrift (Sanskrit), mit der sie ihre Mythen, ihre Lieder und die Regeln ihrer Riten aufschreiben konnten.

Diese Schrift kann gelesen und verstanden werden, daher haben wir ein breites Wissen über die Mythen, die Riten und die Gesetze der frühen indischen Kultur. Die Krieger (Kschatryas) und die Priester (Brahmanen) bilden die beiden Oberschichten der Gesellschaft, zur Mittelschicht gehören alle freien Bauern, Hirten, Handwerker und Händler, zur Untersicht gehören die unfreien Frauen und Männer, große Teile der Urbevölkerung. Wir kennen aus den Veden (heiliges Wissen) die Götter und die Mythen der Krieger, aber auch bereits einige Formen der Liebeskunst zwischen den Geschlechtern. Diese Kunst spiegelt sich auch in den Erzählungen über die großen Götter und Göttinnen. An den Kultorten und Tempeln wurden die Riten der Fruchtbarkeit ausgeführt, um die Lebenskraft der Menschen zu stärken.

Die frühen Mythen erzählen von den großen Schutzgöttinnen der erotischen Liebe. So tanzt an jedem Morgen die Göttin des Morgenrots (Ushas) mit nacktem Körper einen erotischen Tanz, um die Männer und die Frauen vom Schlaf aufzuwecken. Vor allem weckt sie damit den männlichen Sonnengott Surya. Spätere Mythen erzählen, dass der Gott Brahma, der Gott der Welterschaffung, sich regelmäßig mit seiner Ehefrau Sarasvati paart, um damit neues Leben zu wecken. Das Liebespiel des göttlichen Paares wird ausführlich beschrieben und gilt den menschlichen Liebespaaren als Vorbild. Der Gott Vishnu paart sich mit seiner Ehefrau Lakschmi, um die Welten und die Lebewesen im Dasein zu erhalten. Der Gott Shiva aber paart sich mit den dunklen Göttinen Durga und Kali, um Leben zu zerstören und für neues Leben Platz zu machen.

Die Brahmanen sagen von den männlichen Göttern, dass diese nur vollständig sind durch ihre weiblichen Liebespartnerinnen. Sie lehren, dass alle Menschen drei große Ziele im Leben verfolgen sollten, nämlich sie sollten das ewige Weltgesetz (dharma) befolgen, das die Priester auslegen; sie sollten für ihre Sippen nützliche Arbeit (Artha) leisten; und drittens sie sollten nach dem Erleben der sinnlichen Lust (Kama) streben. Wenn Menschen diese drei Ziele im Gleichgewicht anstreben, dann können sie ein glückliches Leben haben. Auch in Indien konnten nur die Angehörigen der Oberschichten und später Teile der Mittelschicht eine patriarchale Ehe eingehen; alle besitzlosen und unfreien Männer und Frauen lebten in erotischen Liebesbeziehungen ohne Ehevertrag. Auch in Indien konnte eine hohe erotische Kultur nur an zwei Orten entstehen; zum einen in den vielen Tempeln der großen Göttinnen, zum anderen an der Fürstenhöfen, wo viele Frauen lebten.

Die frühen Ackerbauern feierten das Ritual der heiligen Hochzeit zuerst ebenso auf den Feldern, in den Obst- und Weingärten, auf den Viehweiden, später aber an den Kultplätzen und an den vielen Tempeln, die im

Lauf der Jahrhunderte gebaut wurden An diesen wirkten seit der Frühzeit Priesterinnen und Priester, welche den Menschen göttliche Kräfte vermitteln sollten. Die Männerpriester standen im Dienst der männlichen Schutzgötter, die Priesterinnen aber vermittelten den Menschen vor allem die Lebenskraft der großen Göttinnen. So wie sich die Götter paarten, so feierten auch die Menschen das erotische Liebespiel. An vielen Tempeln wurden männliche und weibliche Götter beim Liebespiel in Stein und Ton dargestellt. Einige dieser Tempel sind von den Moslems zerstört worden, aber einige können heute noch bewundert werden.

Die Götter waren für die Inder die Lehrmeister der Erotik, deswegen wurde in den meisten Tempeln die erotische Liebeskunst von Priesterinnen und von Priestern gelehrt und geübt. Da die Tempel in der Mehrzahl von den Männern besucht wurden, waren dort vor allem Frauen als Tänzerinnen und Lehrerinnen tätig. In Indien wurden im Lauf der Jahrhunderte an die zwanzig verschiedene erotische Tanzstile entwickelt, welche die Teilnehmer mit der Welt des Göttlichen verbinden sollten. Die Brahmanen verfassten mehrere Bücher der Liebeskunst (Kama Sutra, Koka Shastra, Ananga Ranga), welche die Männer und die Frauen lesen sollten, die des Lesens kundig waren. Damit hat die indische Kultur in ihrer Vielfalt eine hohe erotische Kultur entwickelt, die freilich nicht alle sozialen Schichten erreichte. Die unteren sozialen Schichten wurden davon kaum berührt, das dürfte allerdings bis heute so geblieben sein.

Viele indische Götter verbinden das erotische Liebesspiel mit der Meditation, sie sammeln in der Stille ihre inneren Kräfte, um sich später ganz dem Liebesparner hingeben zu können. Daher üben auch viele menschliche Paare die regelmäßige Meditation, bevor sied as sinnliche Liebesspiel beginnen. Auch sie sammeln ihre inneren Kräfte und geben sich intuitiv der göttlichen Welt hin; oder sie nehmen göttliche Kräfte in sich auf, die sie dann dem Liebespartner weitergeben wollen. So wird auch in der indischen Welt das erotische Liebesspiel oft mit religiösen Riten verbunden; es sind Riten der Reinigung, der Abwehr von bösen Dämonen, der mentalen Vereinigung. Wichtig werden dabei die inneren Bilder, die dann das körperliche Handeln mitbestimmen.

Daher sind für viele Inder die regelmäßigen Tempeltänze wichtig, an denen sie teilnehmen möchten. Denn die Tänzerinnen holen nach ihren Vorstellungen göttliche Kräfte auf die Erde herab, sie bereiten die sexuelle Erregung vor, sie stärken das Verlangen nach der körperlichen Vereinigung. Ein großes Vorbild für das Liebesleben der mittleren sozialen Schichten ist das göttliche Paar Krishna und Radha; beide haben tiefe Sehnsucht nach einander, weil sie lange Zeit von einander getrennt sind. Für die Frauen ist der Gott Krishna ein Meister der Erotik, denn nach einem frühen Mythos lassen sich alle Hirtenmädchen von ihm lieben. Es gibt gemalte Bilder, wo sich die Mädchen in einer Reihe anstellen, um sich mit dem schönen Gott paaren zu können. Er spielt die Flöte und verzaubert damit die Herzen der Mädchen und der Frauen. Die Inder wissen aber auch, dass zeitweise der Verzicht auf das sexuelle Liebesspiel sinnvoll sein kann; denn in dieser Zeit des Verzichts wächst wieder die Sehnsucht nach der körperlichen Vereingung.

Es gab im alten Indien auch asketische Gruppen, die als Wanderer unterwegs waren und nicht sesshaft lebten.

Diese Männer, aber auch Frauen, wurden von ihren Sippen wegen eines Vergehens ausgeschlossen, oder sie verließen wegen eines Streits freiwillig ihre Sippen. Wenn sie dann von keiner anderen Sippe aufgenommen wurden, mussten sie hauslos durch die Wälder ziehen und vom Sammeln von Früchten leben. Diese Personen schlossen sich zu Gruppen zusammen, sie wurden Waldmystiker genannt. Sie hatten kaum sexuelle Beziehungen oder sie verzichteten darauf, sie gaben sich der mystischen Meditation hin und ließen sich von den sesshaften Sippen mit Nahrung (Reis) beschenken. Ihre nmystischen Lehren wurden in den Upanishaden aufgezeichnet. Aus dieser Bewegung der Wanderasketen ist im 4. Jh.v.C. die Bewegung des Buddhismus entstanden.

Doch die Menschen in den Sippen lebten eine sehr sinnliche und erotische Kultur, Männer und Frauen wollten und mussten das Leben weitergeben. Die Bauern und die Viehzüchter errichteten Kultorte, wo sie die Symbole des weiblic hen und des männlichen Geschlechts in Stein oder Holz geformt aufstellten. Die weibliche Vulva hieß Yoni, der männliche Penis wurde Lingam genannt. Beide Geschlechter gingen regelmäßig zu diesen Kultorten, sie berührten oder küssten dort die Yoni oder den Lingam, um erotische Kraft in sich aufzunehmen. Denn sie glaubten, dass durch dieses Berührungsritual ihre sexuelle Lebenskraft gestärkt werde. Mit heutigem Wissen können wir sagen, dass diese Kraft aber vom Stand der Ernährung in den Sippen abhing; in Hungersituationen ging das erotische Verlangen beider Geschlechter deutlich zurück.

In Indien nahm die patriarchale Lebensform seit der Einwanderung der Arier deutlich zu, vor allem bei den oberen sozialen Schichten, später auch bei den unteren sozialen Schichten. Die Männer waren im Außenbereich der Sippen dominant, während die Frauen weiterhin das Leben innerhalb der Sippen bestimmten. Daher erzählten die Lehrer von einer göttlichen Urmutter (Mate-Shakti), die allen Menschen das Leben schenkte. Viele Kultgruppen verehrten in ihren Riten diese göttliche Mutter (Mitar), sie brachten ihr symbolische Opfergaben dar; oder sie wollten sich in der Meditation mit ihr verbinden. Diese Shakti-Rituale sind heute in Indien noch weit verbreitet, die Gruppen werden zumeist von Frauen geleitet und es wird eine weibliche Spiritualität und Ethik gelebt. Zum Ritual gehören auch homosexuelle Handlungen von Frauen, die damit ihre weibliche Lebenskraft stärken wollen.

Auch in Indien wurden die jungen Knaben und Mädchen von den Lehrältesten der Sippen oder der Dörfer in die Regeln der Sexualität eingeführt. Sie lernten dort die Lebensregeln der Erwachsenen, sie wurden über den weiblichen und den männlichen Körper belehrt; und sie übten Vorformen und Frühformen des erotischen Liebesspiels. In den Dörfern gab es die erotischen Frauen, welche dann die jungen Männer in das sexuelle Liebesspiel mit den Frauen einführten. Sie waren die Lehrmeisterinnen der Sexualität bei den unteren und mittleren Schichten des Volkes. Denn zu den Tänzerinnen und Priesterinnen an den Tempeln konnten nur Männer mit Besitz gehen, denn sie mussten eine Spende für den Tempel geben. Damit entwickelte die Oberschicht eine höhere und komplexere Kultur der Erotik, als sie den unteren sozialen Schichten möglich war. Es waren die Priester und Priesterinnen an den Tempeln, welche die erotischen Lehren mündlich weitergaben, bis diese von Schreibern aufgeschrieben wurden.

Die indische Kultur überliefert drei große Werke über die erotische Liebeskultur, nämlich das Kama Sutra aus dem 3. Jh. n.C., das Koka Shastra aus dem 12. Jh. n.C. und das Ananga Ranga aus dem 16. Jh. n.C. Alle drei Schriften waren nur an die oberen sozialen Schichten gerichtet, die lesen und schreiben konnten. Doch die große Mehrheit der indischen Bevölkerung konnte weder lesen noch schreiben. Daher dürfen wir nicht annehmen, dass die Lehren dieser Lehrbücher der Erotik in allen sozialen Schichten bekannt waren. Wahrscheinlich wurden sie nur von 10 % bis 15 % der Bevölkerung rezipiert und gelernt, denn erst die englischen Kolonialherren haben versucht, am Ende des 19. Jh. in Indien eine allgemeine Schulpflicht einzuführen, was ihnen aber nicht gelungen ist. Wir dürfen also nicht annehmen, dass im ganzen Volk diese hohe erotische Kultur der Oberschicht bekannt wurde.

LEHREN DES KAMA SUTRA

Das Kama Sutra (Buch der Lust) wurde im 3. Jh. n.C. an Tempeln verfasst und aufgeschrieben, doch seine Lehren und Weisheiten wurden schon viele Jahrhunderte vorher anden Tempeln gelehrt und geübt. Das Buch wurden von vielen Schreibern abgeschrieben und an die Sippen der Adeligen und der reicheren Stadtbürger verkauft. Es verfolgte das Ziel, das Erleben der sinnlichen Lust in den Männer und Frauen zu steigern und zu vertiefen, Es war gedacht für Ehepaare, um die Ehen stabil und dauerhaft zu halten; aber es galt auch den Frauen und Mädchen, die an den Tempeln ihre erotischen Dienste verrichteten, Von daher wissen wir, dass an diesen heiligen Orten die Kunst der erotischen Beziehungen zwischen den Geschlechtern voll entfaltet wurde. Denn Erotik war für die indische Kultur immer die Begegnung mit dem Göttlic hen und dem Heiligen. Dies haben die christlichen Engländer nie verstanden, als sie nach Indien kamen.

Die Priester lehrten, beide Geschlechter sollten danach streben, das ewige Weltgesetz (Dharma) zu befolgen, für die Sippen nützliche Arbeit zu leisten (Artha) und die sinnliche Lust auf tiefe und dauerhafte Weise (Kama) zu erleben. Das Buch »Kama Sutra« soll von den Männern und den Frauen der Oberschicht gekauft und gelesen werden; wenn die Frauen nicht lesen können, müssen die Männer es ihnen vorlesen und erklären. Das Buch ist aber auch für die Priesterinnen,

Tänzerinnen und Freudenmädchen an den großen Tempeln verfasst worden, damit sie ihre Liebeskunst ständig verbessern und vertiefen. Es werden zuerst 64 Kunstfertigkeiten beschrieben, die zum erotischen Liebesspiel gehören und die gelernt werden sollen. Zu diesen Künsten gehört das Singen von erotischen Liedern, das Spielen einer Flöte, der sinnliche Tanz, das Schmücken des Raumes für das erotische Spiel, das Binden von Blumen und Kränzen.

Beide Partner sollen gemeinsam das Liebesbett herrichten, sie müssen sich gegenseitig mit Blumen schmücken, sie müssen ihre Körper mit duftenden Ölen salben. Zur Vorbereitung gehört das Bereitstellen von kleinen Speisen und von Getränken, das Schlagen der Trommel, das Erzählen von Liebesgeschichten, das Stellen von Rätseln, das Spiel der Pantomime, auch die Bereitung von Puppen. Denn die Liebenden dürfen sich wie große Kinder fühlen. Die Frauen sollen die Führung beim Ritual übernehmen, denn sie sind die Lehrmeisterinnen der einfühlsamen Erotik. Es soll eine Beziehung der Freundschaft zwischen den Liebespartnern bestehen, sowohl zwischen den Ehepartnern, als auch zwischen nicht verheirateten Paaren; auch zwischen einem Herren und einer Sklavin.

Im zweiten Kapitel des Buches werden die verschiedenen Körpertypen der Frauen und der Männer beschrieben. Männer können wie ein Hase, wie ein Stier oder wie ein Pferdehengst gebaut sein, Frauen können der Gazelle, der Pferdestute oder der Elefantenfrau gleichen. Beide Geschlechter müssen lernen, die Sehnsucht nach der körperlichen Vereinigung zu wecken und zu verstärken; und es geht beim Liebesspiel darum, dass beide die Wonnen der sinnlichen Lust lange Zeit genießen können. In der Liebe haben die Männer und die Frauen den gleichen Rang und Wert, es gibt keine Dominanz der Männer. Die Partner müssen sich an einander gewöhnen, denn ihre Körper und ihre Seelen sollen sich annhähern, Körper und Geist sollen sich verbinden. Beide sollen ihren inneren Bildern folgen und ihr Selbstwertgefühl stärken. Doch im sinnlichen Begehren sind die Frauen und die Männer verschieden, Frauen brauchen stärker ihre inneren Bilder. (Kap. 28 bis 51)

Die Vereinigung der Geschlechter hat viele Formen und Namen; die Wonnen der Spinne, die flammende Liebe, das strömende Wasser, die Einheit von Körper und Seele, der Höhepunkt der Lust, die tiefste Wonne, die göttliche Ekstase. Zu den acht Stufen der körperlichen Vereinigung gehören die Umarmung und das Streicheln der Körper, das Küssen der Haut, das Setzen der Nagelmale, die Verbindung von Lingam und Yoni, die Schreie der Lust, der Rollentausch der Partner; das Küssen von Yoni und Lingam, die enge Umschlingung der Körper. Die Frau umschlingt den Mann wie eine Liane, sie zieht sein Gesicht zu ihrem Gesicht und sieht seine funkelnden Augen; Sie stößt gurrende Laute aus und will an ihm emporklettern; beide verschränken ihre Arme und Schenkel in einander. (Kap. 63 bis 65)

Wenn die Leidenschaft der Liebenden erwacht ist, dann brauchen sie keine inneren Bilder mehr, das intensive Küssen soll die Lust über den ganzen Körper verteilen. Die Partner küssen einander die Stirn, das Gesicht und den Hals, die Augen und die Lippen, den Bauch und die Brüste, die Achselhöhlen und die Schenkel, die Waden und die Fußgelenke. Zuletzt küssen sie sich intensiv am Lingam und in der Yoni, dabei spüren sie die volle Lebenskraft des Partners. Es gibt den spielenden, den flüchtigen und den tiefen Kuss, beide können in einen Wettstreit des Küssens eintreten. Beide können einander mit der Zunge und den Lippen Bilder auf die Haut zeichnen, Blumen und Tiere, Monde und Sonnen, Tiger und Lotosblüten; sie können einander Zahnmale und Nagelmale in die Haut drücken; aber sie dürfen einander nicht verletzen. Die Nägel müssen kurz sein. (Kap. 72 bis 74)

Wir zeichnen einander sanfte Nägelzeichen auf die Haut, wir streicheln mit den Fingern über den Bauch und den Rücken, aber wir setzen keine Kratzspuren; wir spüren, wie sich die Härchen auf der Haut aufstellen. Die Liebenden drücken einander mit den Fingern Erkennungszeichen in die Haut, bevor sie auseinander gehen. Am besten ausgebildet im Liebesspiel sind die Tänzerinnen an den Höfen der Fürsten und die Priesterinnen an den großen Tempeln. Sie werden von jungen, aber auch von verheirateten Männern geschätzt. Denn sie zeichen mit den Fingern und den Zähnen Zeichnungen auf die Haut des Partners, wilde Tiger und zerrissene Wolken, Lotosblüten oder Korallenketten; sie wechseln bei der Paarung ständig ihre Körperstellung; bald reiten sie auf ihren Männern, bald liegen sie vor ihnen. Die Gazellenfrau liegt auf dem Rücken und öffnet weit ihre Schenkel. (Kap. 81 bis 84)

Die Elefantenfrau liegt gerne auf der Seite und lässt sich von hinten lieben; Die Stutenfrau kniet auf dem Bett und streckt ihre Yoni dem Mann entgegen; er kann wie ein Hengst tief in sie eindringen. Immer blicken die Frauen auf die Liebesgöttin Indrani, wie sie ihre Beine anzieht und ihre Yoni weit auftut. Die Elefantenfrau umschlingt mit ihrer großen Yoni den Lingam des Mannes, daber presst sie ihre Schenkel eng an einander. Die Gazellenfrau verändert oft ihre Stellung, sie behält die Führung beim Liebesspiel; bald reitet sie auf dem Mann, bald liegt sie wie eine Blüte vor ihm. Die Liebenden können sich die Gestalten vieler Tiere vorstellen, die sie nachahmen; bald sind sie Wilfpferde oder Elefanten, bald Tige roder Gazellen; sie können auch die Laute dieser Tiere nachahmen. Ein Mann kann sich wie ein Löwe ode rein Hengst fühlen, eine Frau wie eine Löwin ode reine Stute. Die Liebenden können sich im Stehen und im Liegen verbinden, auf der Erde und in den Wassern der Flüsse. (Kap. 78 bis 86)

Ein Mann muss durch Versuch und Irrtum die Vorlieben und Wünsche seiner Partnerin erkunden; er muss ihr immer Bewunderung und Dankbarkeit zeigen. Die Vereingung der Geschlechter kann auch mit einem Kämpfen zu tun haben, die Liebenden ringen symbolisch mit einander. Manche Paare klopfen einander mit Leidenschaft auf die Brust, andere gurren wie Tauben, oder sie ahmen andere Vögel nach; es können Laute der Wildente oder des Kuckucks sein, oder Laute der Hirsche und Rehe. Diese Laute sind Ausdruck der Lust und des sinnlichen Begehrens. (Kap. 69 bis 77)

Wenn eine Frau auf ihrem Mann reitet, dann ruft sie ihm zu: »Im Leben bist du immer oben, aber jetzt bist du unten und ich bin über dir!« Sie öffnet ihr Haar und zeigt dem Mann ihre Brüste und ihr Gesicht; oder sie dreht sich um und zeigt dem Mann ihren biegsamen Rücken und ihr Gesäß. Wenn der Mann das Liebesspiel beginnt, dann streift er der Frau die Kleider vom Körper, er küsst ihre Schenkel und ihren Bauch, er streichelt mit den Fingern ihre Yoni, die feucht und nass wird. Sie schließt die Augen und folgt ihren inneren Bildern, sie spürt das sinnliche Erleben. Dann beginnt die Frau den Mann zu streicheln, sie nimmt seinen Lingam in den Mund und küsst ihn. Früher haben nur die Freudenmächen am Tempel den Lingam der Männer geküsst, jetzt tun dies auch die Ehefrauen. Sie nimmt den Lingam zwischen ihre Lippen und Zähne, dieser Kuss ist für sie ein Geschenk der Götter. Die Paare vergleichen die Yoni mit einer Lotosblüte, den Lingam mit dem Lotosstängel. Der Kuss der Yoni wird Kalika genannt, er entfacht das wilche Feuer der Frauen. Wenn die Frau den Lingam küsst, stärkt sie die Liebeskraft des Mannes. (Kap. 89 bis 92)

Viele Liebespaare beginnen das Liebesspiel mit einem Bad im Teich, dann trocknen sie sich und schmücken einander mit Blumen; sie spielen Musik oder beginnen zu tanzen; sie liebkosen einander und ihre Sehnsucht nach der Vereinigung wächst an. Wenn sie sich vereinigen, geben sie sich voll ihren Gefühlen hin, sie fühlen sich wie auf Wogen des Meeres getragen; sie suchen die lange Vereinigung und das intensive Erleben der Lust; sie liegen noch lange Zeit umschlungen bei einander. Dann ziehen sie einander die Kleider an, sie setzen sich zu einem Tisch und essen kleine Speisen; dabei erzählen sie einander Geschichten von Liebespaaren; sie gehen aus dem Haus und betrachten die Sterne und den Mond. Wenn es aber zum Streit gekommen ist, dann versuchen sie, sich wieder zu versöhnen. Wenn die Frau sich verletzt fühlt, reißt sie ihre Blumen aus dem Haar, sie schlägt mit den Fäusten auf die Brust des Mannes und verlässt das Bett. Dann muss der Mann zu ihr kommen und sie um Verzeihung bitten; er ersucht sie, wieder zu ihm in das Bett zu kommen. Sie soll diese Bitte nicht ausschlagen. (Kap. 102 bis 115)

Liebende erfinden viele Spiele, die sie mit einander spielen. Sie flechten Kränze mit Blumen oder formen kleine Häuser aus Lehm, sie suchen einander mit verbundenen Augen; Doch viele Liebesbeziehungen brechen auseinander, dann bleiben Trauer und Schmerz zurück. Die Liebe vieler Frauen, aber auch der Männer, bleibt unerwidert; diese unerfüllte Liebekann beiden Geschlechtern viel an Lebenskraft kosten. (Kap. 170 bis 172)

Eine besondere Ausbildung beim Liebesspiel bekommen die Priesterinnen, die Tänzerinnen und die Freudenmädchen an den Tempeln. Viele von ihnen müssen mit ihrer Kunst ihren Lebensunterhalt verdienen; manche von ihnen gewinnen großen Eifluss auf die Männer, die ihre Dienste an Anspruch nehmen; nicht wenige lassen sich von reichen Männern gut bezahlen, sie können sogar kleine Reichtümer anhäufen. Aber sie müssen sich vor Lügnern und Täuschern schützen. Doch Freudenmädchen sollen einen guten Charakter haben, sie sollen die Geheimnisse ihrer Männer nicht ausplaudern; ja sie sollen zu ihnen ein freundschaftliches Verhältnis aufbauen, denn sie stehen ihren Liebespartnern oft näher als deren Ehefrauen. Sie sollen auch Mitgefühl zeigen, wenn ihre Partner von Trauer und Verlust erzählen. Aber sie müssen wissen, dass ihre Liebe zeitlich begrenzt ist. (Kap. 236-240)

Auch die Tempeltänzerinnen sollten wie die Freudenmädchen einen klaren Kopf bewahren. Denn die Männer, die zu ihnen kommen, wollen von ihnen vor allem die Lust ihrer Körper; mit ihrem seelischen Erleben zeigen die wenigsten Männer ein Mitgefühl. Bei den Frauen kommen immer stärker die Gefühle ins Spiel, wenn sie sich paaren, als bei den Männern. Wenn sich die Frauen von den Männern oft gedemütigt und verletzt fühlen, dann sollen sie die Kraft haben, sich von diesen Männern zu trennen; sie müssen nicht alle Launen und Leidenschaften der Männer ertragen. (Kap. 280 bis 286)

Zum Schluss des Buches wird gesagt dass die sinnliche Lust (Kama) aus dem ewigen Weltgesetz (Dharma) stamme und daher unser ganzes Leben bestimme. Freilich sei das Erleben der Lust auch oft mit dem Schmerz und der Verletzung verbunden. Der weise Mensch achtet auf sein eigenes Wohl, er genießt die sinnliche Lust mit Vernunft und Augenmaß und vermeidet den Schmerz, wo imme er es kann Er trägt Verantwortung für seinen Liebespartner., damit dieser nicht den Schmerz und die Verletzung erleben muss. Beide Geschlechter sollen die sinnliche Lust bis ins hohe Alter erleben, denn sie können sich gegenseitig Lebenskraft und Lebensfreude schenken. (Kap. 62)

Im 12. Jh. haben die Priester und die Lehrer der Weisheit in Indien das Buch »Koka Shastra« verfasst, es führt die Lehren und Ideen des Kama Sutra weiter. Und im 16. Jh. entstand das Buch »Ananga Ranga«, dass die alten Lehren der Liebeskunst der neuen Zeit anpasste. So wurde durch viele Jahrhunderte die Liebeskunst für die oberen sozialen Schichten an den vielen Tempeln und an den großen Fürstenhöfen gelehrt und weitergegeben. Im Laufe der Zeit lernten auch die Sippen der mittleren Schichten, vor allem Händler und Handwerker, von der Liebeskunst der Brahmanen und der Krieger bzw. der Adeligen. Aber die unteren sozialen Schichten wurden von diesen Ideen der Liebeskunst kaum erreicht, das ist bis heute so geblieben. Denn immer noch wird uns von Massenvergewaltigung der Frauen durch Männer berichtet.

SCHULEN DER LIEBESKUNST

In Indien bildeten sich im Lauf der Jahrhunderte verschiedene Schulen und Gemeinschaften der erotischen Liebeskunst, die auch die moderne Gesellschaft prägen. Die meistern dieser Schulen verbinden alte Formen der Meditation mit dem sexuellen Liebesspiel, in ihnen spielen die Frauen die dominanten Rollen. Fast immer wird ein bestimmter Aspekt der Religion, der Mythologie oder der Spiritualität mit dem körperlichen Erleben verbunden. Damit wird die erotische Liebe für beide Geschlechter in das emotionale Erleben eingebettet, viele dieser Traditionen werden heute auch in Europa weiter gegeben.

Bhakti-Schule

Bhakti heißt die Hingabe an das Göttliche, an einen Gott oder eine Göttin, aber auch an einen menschlichen Liebespartner. Diese Schule der Lebenskunst sucht vor allem die Hingabe an den Gott Krishna und an die Göttin Radha; die Anhänger glauben sich von diesem Götterpaar beschützt und geleitet. In der regelmäßigen Meditation lernen sie, sich mental an die göttliche Urkraft hinzugeben und diese Urkraft im eigenen Leben aufzunehmen. Die Meditation wird zumeist in Gruppen ausgeführt, in denen Frauen und Männer teilnehmen können. Doch die Spiritualität dieser Gruppen wird vor allem von den

Frauen geprägt, Männer übernehmen weibliche Lebenswerte. Die Erfahrung der Freundschaft und der Sexualität wird religiös überhöht.

In den Meditationen werden die Erzählungen vom Götterpaar Krishna und Radha nachempfunden und vertieft; es geht um die Erfahrung des Getrenntseins und um die Sehnsucht nach der Vereinigung. Die Teilnehmer geben sich mental den göttlichen Gestalten hin, die sie sich als eine wunderschöne Frau und als liebenswerten Mann vorstellen. Und sie nehmen deren Liebeskraft in sich auf und geben sich ihrem menschlichen Liebespartner hin. Sie begrüßen die göttliche Urkraft des Göttlichen im Partner und in der Partnerin, sie werden in der Liebe in eine höhere Dimension hineingehoben. Wir Menschen haben die Fähigkeit, dass wir uns diese virtuellen Welten vorstellunen, die sich für unser Leben sehr bützlich erweisen können. Denn für unser Gehirn sind diese göttlichen Welten genauso wirklich wie Steine und Berge, oder Flüsse und Meere.

Dagegen können Naturalisten und Materialisten protestieren, so viel sie wollen, sie können die Aktionen und Reaktionen unserer Gehirne nicht verändern. In der Meditation nehmen die Schüler der Bhakti göttliche Kraft in sich auf, und sie übertragen diese Kraft auf den realen Liebespartner. Wenn sie sich körperlich und sexuell lieben, wissen sie sich in eine höhere, göttliche Dimension hineingehoben. Sie verbinden sich mit den Gefühlen des Partners, sie wollen ihm Glück und Lust spenden; auf keinen Fall wollen sie ihn abwerten oder verletzen; sie verzichten auf Anwendung von Gewalt. Die Bhakti-Meditation eignet sich für heterosexuelle Liebespaare, aber auch für homoerotische Frauen; das Liebespiel kann zu zweit oder in Gruppen erlebt werden, doch alle Teilnehmer sind emotional mit einander befreundet. Damit können diese Gruppen, die inzwischen auch in Europa verbreitet sind, viel zur Humanisierung der Sexualität beitragen.

Shakti-Schule

Eine andere alte Schule der Meditation und der Liebeskunst ist die Schule der Shakti, welche die Urkraft des weiblichen Lebens thematisiert. Von der Mythologie her wird angenommen, dass alles Leben auf der Erde aus der Urkraft des Weiblichen entsteht; der Beitrag des Männlichen sei sekundär. Diese weibliche Urkraft werde in den großen Göttinnen Indiens gespiegelt, in der Gestalt der Sarasvati und der Lakschmi, aber auch der Kali und der Durga. Zur weiblichen Urkraft gehört nicht nur das Gebären von Leben, sondern auch das Töten und Zerstören von Leben. In dieser Mythologie wird also die Ambivalenz und Gefährlichkeit des menschlichen Daseins symbolisiert. Die Riten der Shakti-Schule werden von Frauen geleitet, aber Männer dürfen sich an diesen Riten beteiligen. Auch hier wird eine weibliche Form der Ethik vermittelt und weitergegeben.

Die Riten und Meditationen werden in Gruppen ausgeführt, dabei werden die großen Göttinnen des indischen Pantheons angerufen. Die Meditierenden stellen sich unter den Schutz dieser Göttinnen und n ehmen deren Urkraft in sich auf. Dabei werden Tanz, Musik und Stille mit einander verbunden. Vor allem die Kundalini-Meditationen werden häufig ausgeführt, dabei folgen die Teilnehmer der Vorstellung, die Kundalini-Schlange krieche über ihren Rücken und steuere ihre Gefühle. Die Meditation hat vier Teile zu je 15 Minuten. Im ersten Teil wird zur Musik tief geatmet, aus und ein, ein; und aus; denn durch eine Hyperventilation sollen tiefe Gefühle erlebbar werden. Der zweite Teil wird von wilder Musik geprägt, alle Teilnehmer bewegen sich wild und hektisch, denn sie wollen alle ihre negativen Gefühle (Angst, Hass, Zorn, Stress, Überforderung) durch die Bewegungen ihres Körpers zum Ausdruck bringen.

Der dritte Teil der Meditation wird von einer stillen und ruhigen Musik geprägt, die Tanzenden lassen sich müde zu Boden fallen; sie liegen oder sitzen und versuchen nur ruhig zu werden. Dann beginnen sie langsam, ihre schönen und positiven Gefühle (Sehnsucht, Zuneigung, Zärtlichkeit, Liebe, Hingabe, Versöhnung) zu spüren; sie lassen diese Gefühle in sich hochkommen. Im vierten Teil beginnt schöne und feierliche Musik zu spielen (celebration); die Teilnehmer erheben sich langsam und beginnen nun, ihre zarten und weichen Gefühle in ihren Bewegungen auszudrücken; sie feiern in diesem Tanz die Schönheit und Göttlichkeit ihres Lebens. Sie tanzen gemeinsam ihre Lebensfreude und ihr sinnliches Verlangen.

Diese Meditation kan nach einer bestimmten Zeit in das erotische Liebespiel in der Gruppe übergehen. Die Teilnehmer lieben sich paarweise, ein Mann und eine Frau oder zwei Frauen; sie machen keinen beliebigen Partnertausch, sondern sie bilden meditative bzw. rituelle Liebespaare. Dabei fließen zwischen den Liebenden sowohl die weichen und zärtlichen, als auch die wilden und dynamischen Gefühle. Die Liebendern wissen sich von einer größeren und göttlichen Welt umfangen, denn auch in der Sprache der Inder ist das Göttliche (deivas) immer das Größere, das Stärkere und das Umfassende. Wir Menschen haben die Fähigkeit, uns diese göttliche Urkraft in weiblichen und männlichen Gestalten vorzustellen und uns darin geborgen zu wissen. Die Shakti-Anhänger thematisieren in ihren Medtationen die Vielfalt der weiblichen Lebenskraft und sie setzen sich dieser Urkraft aus.

Tantra-Schule

Eine andere große Schule der Meditation und der Liebeskunst ist die Schule des Tantra, die in Inden entstanden ist, aber dann in Tibet und China und im Buddhismus weiter entwickelt wurde. Tantra heißt wörtlich Verwobenheit von Fäden, hier im übertragenen Sinn aber die Verwobenheit der Menschen mit dem Göttlichen, und zum andern die Verwobenheit der Liebespaare mit einander. Auch diese Schule wird stark von Frauen geprägt, und sie folgt einer weiblichen Ethik der Versöhnung und des Friedens. Die Meditationen können in Frauengruppen, in Männergruppen oder in gemischten Gruppen ausgeführt werden. Beim rechten Tantra kommen vor allem die lebenerhaltenden Seiten der Götter und Göttinnen ins Spiel, beim linken Tantra werden auch die destruktiven Seiten der Götter (Kali, Durga) zum Gegenstand der Meditation. Auch hier werden rituelle Liebespaare gebildet.

Die Meditationen beginnen mit Musik und Tanz, dann kommen erotische Bilder ins Spiel. In der Meditation wird die Verbindung mit der Welt des Göttlichen gesucht oder mit der Lichtwelt des Buddha. In den Paaren wächst die Sehnsucht nach der sexuellen Vereinigung, die Meditierenden sind unbekleidet. Die Paare beginnen nun, zur Musik einander zu küssen und zu streicheln, die sinnliche Lust soll in beiden Geschlechtern langsam anwachsen. Und wenn sie sich sexuell vereinigen, dann verfolgen sie das Ziel, diese Einigung möglichst lange zu erleben. Sie lernen also, ihre Bewegungen so zu gestalten, dass die Männer möglichst lange ihren Samen zurückhalten können, um lange Zeit erregt zu bleiben. Sie geben den Frauen ein Zeichen, wann diese ihre Bewegungen reduzieren sollen. So können Tantra-Paare sehr lange in der sexuellen Vereinigung bleiben.

Die Vereinigung wird erlebt als Verbindung mit dem Göttlichen und Heiligen, die Liebenden werden in eine größere Welt des Erlebens hinein genommen- Auch diese Form der Meditation kann zur Humanisierung und Kultivierung der menschlichen Sexualität beitragen. Sie ist ein starkes Gegengewicht zur Banalisierung und Kommerzialisierung der Sexualität, wie sie in vielen der neuen Medien verbreitet wird. Sie ist vor allem eine Gegenbewegung zur Verbindung von Sexualität mit Gewalt, zur Abwertung und Verletzung der Frauen durch Männe, aber auch gegen Kinderschändung und Überforderung der Jugendlichen. Die Anhänger dieser Schulen sind der starken Überzeugung, dass Gewaltmenschen nicht das letzte Wort bei der Gestaltung unserer sexuellen Beziehungen haben dürfen.

So kann die westliche Welt und Zivilisation auch weiterhin viel lernen von der indischen Kultur der Erotik und der Sexualität, auch wenn diese Kultur nur in den oberen sozialen Schichten verbreitet war und bis heute ist. Unser Austausch der Kulturen betrifft auch die Gestaltung unserer sexuellen Beziehungen, wir können ständig von fremden Kulturen lernen- Aber wir müssen diese Kulturen realistisch einschätzen. Bei uns geht es heute darum, dass die allgemeinen Menschenrechte und Menschenpflichten auch mit den verschiedenen Formen der erotischen Lebenskultur verbunden werden. Dazu kommt heute das medizinische und das psychologische Wissen über beide Geschlechter.

EROTISCHE KULTUR IM BUDDHISMUS

Auch der Buddhismus hat eine erotische Kultur ausgeprägt, obwohl er im 4. Jh. in Nordindien von Wanderasketen begründet wurde. Zu dieser Zeit schloss sich der Kriegersohn Gautama Siddharta den Wanderasketen an, die er bei seinen Ausritten vom Fürstenhof kennengelernt hatte. Er war bereits verheiratet, hatte eine Frau und einen Sohn, aber er verließ den Hof seines Vaters und zog zu den Männern, die hauslos in den Wäldern lebten. Ein Grund dafür könnte gewesen sein, dass er den frühen Tod als Krieger fürchtete. Bei diesen Wanderasketen lernte er die Methoden der Meditation, um die Leiden des Körpers zu verringern und der göttlichen Welt nahe zu sein. Als Asket aß er nur wenig, er ging mit anderen Mönchen mit der Bettelschale zu den Dörfern der Bauern, um eine Schale Reis zu erbitten. Unter dem Bodhibaum soll er die Erleuchtung für den richtigen Lebensweg erhalten haben, damit sei er zu einem Buddha (Erleuchteten, Erwachten) geworden.

Er fand einige Anhänger für seinen mittleren Weg des Lebens, zwischen der extremen Askese und dem sinnlichen Genuss. Er formulierte die Lehre, dass alles Leben leidvoll sei und dass wir das Leiden im Leben verringern können, wenn wir weniger nach Besitz und Reichtum streben. Durch die Meditation können wir uns üben, Leiden zu ertragen und zu verwandeln. Wichtig bleiben die fünf Verbote der Yoga-Anhänger, kein Leben zu töten, keine fremden Güter zu rauben, keine Mitmenschen zu belügen, keine unerlaubten sexuellen Beziehungen zu leben und keine Drogen aus der Natur (Pilze, Hanf) zu nehmen. Die Lehren der Priester an den Tempeln werden relativiert bzw. aufgehoben, die großen Götter und Göttinnen der Brahmanen werden degradiert und entwertet. In der Gemeinschaft der Wanderasketen gibt es keine sozialen Ränge mehr, alle Unterschiede der Kasten und Klassen werden aufgehoben.

Die Priester lehrten seit langem, dass alle Menschen, die in ihrem Leben böses Karma auf sich geladen haben, noch einmal geboren werden müssen, um im neuen Leben ihr böses Erbe abzutragen. Der Buddha aber lehrte, dass alle Menschen durch regelmäßige Meditation, durch maßvolle Askese und durch die Befolgung der moralischen Gebote aus dem Kreis der vielen Geburten aussteigen können. Sie gehen dann in die göttliche Lichtwelt ein und steigen höher als die Götter Brahma, Vishnu und Shiva. Den männlichen Wanderasketen schlossen sich auch Frauen an, aber sie wanderten in getrennten Gruppen. Denn die Frauen hatten fortan den gleichen Wert wie die Männer. Bald schlossen sich dieser neuen Lehre auch sesshafte Sippen von Bauern und Hirten. später von Händlern und Handwerkern an. Der erste Buddha soll mit 70 Jahren in der Meditation gestorben und in die Lichtwelt des Nirvana eingegangen sein; seine Seele und sein Ich lösten sich in diesem Nirvana auf.

Wie diese Wanderasketen ihre Sexualität gelebt haben, können wir aus ihren Schriften nicht mehr erkennen. Es ist durchaus möglich und wahrscheinlich, dass die männliche und weibliche Homosexualität gelebt wurde, denn sie war nicht verboten. Ob die Wandermönche sexuelle

Beziehungen zu den Frauen der Laienanhänger hatten, wissen wir nicht. Aber auf alle Fälle entstand ein eigener Laienbuddhismus (Mahayana), der eine sehr sinnli und erotische Lebenskultur entwickelt hat. Auch die Anhänger des Mönchsbuddhismus (Hinayana) lebten in sexuellen Beziehungen und gaben das Leben weiter. Nur die Mönche und die Nonnen sollten sexuell asketisch leben und sich der Paarung mit dem anderen Geschlecht enthalten. Doch bald entstanden Klöster, in denen die Mönche und Nonnen nur für bestimmte Zeit lebten, dann aber das Kloster verließen und in ihre Sippen zurückkehrten.

Der Buddhismus entfaltete sich in Indien, später in Tibet, in China und in Japan in großer Vielfalt, und er hatte trotz der Betonung der Askese eine hohe erotische Kultur geschaffen. Zunächst wurden die Frauen aufgewertet, sie waren den Männern völlig gleichwertig. Zum andern wurden viele weibliche Lebenswerte in den Gemeinschaften der Buddhisten (Versöhnung, Gewaltverzicht, Mitgefühl) verbreitet und gelebt. Kulturgeschichtlich war der Buddhismus eine Reformbewegung innerhalb der indischen Religion, er konnte sich vielen Lebensformen und Lebenswelten anpassen. Er hat die Ethik der Krieger und der Brahmanen korrigiert und viele Moralwerte der mittleren und der unteren sozialen Schichten aufgernommen. Er trägt damit auch die Züge einer Volksreligion, die nicht von der Oberschicht reglementiert wurde. In Indien haben auch einige Herrscher diese Religion verbreitet, aber sie war den Einfällen der kriegerischen Moslems im 10. Jh. n.C. nicht gewachsen. Daher ist diese Religion in Indien fast verschwunden, aber ihre Vertreter wanderten nach Süd-Ost-Asien (Birma, Thailand, Laos, Vietnam) aus, wo diese Religion heute noch prägend ist.

Innerhalb des Buddhismus ist eine vielfältige erotische Kultur entstanden, die eng mit den Formen der Meditation verbunden wurde. Die zeitweilige Askese sollte das sinnliche Verlangen in beiden Geschlechetrn steigern. Vor allem die Laienbuddhisten haben die verschiedenen Formen der Tantra-Riten geschaffen, sie wurden vor allem in China entwickelt und heißen auch die Chinalehre. Es geht dabei um die Verflechtung der Liebespaare mit der Lichtwelt des Buddha, beide Geschlechter wollen in der Meditation kosmische Energie in sich aufnehmen. Sie sehen im Tantra-Ritual einen Weg zur Erlösung (moksha) von den Kräften des Bösen. Die Männer und die Frauen wollen in der Meditation der Lichtwelt des Buddha näher kommen, und sie möchten dabei ihre Lebenskraft stärken.

Das Tantra-Ritual wird von Paaren oder von Gruppen ausgeführt; das können gemischte Gruppen von Männern und Frauen sein, aber auch reine Frauengruppen oder Männergruppen. Die Schüler (Shaktas) berkommen von einem Lehrer ein Mantra zugeteilt, eine Formel oder ein Symbol, über das sie meditieren sollen. Beim rechtern Tantra geht es primär um das Erleben der männlichen Energie im Kosmos, beim linken Tantra wird primär die weibliche Energie aufgenommen. Das Ritual heißt die »tantrische Hochzeit«, sie braucht eine lange Vorbereitung. Die Partner schmücken sich mit Blumen, sie salben einander mit Duftölen; dann beginnen sie, einander zu streicheln und zu küssen. Die Männer küssen die Yoni der Frauen und den Kitzler, sie streicheln diesen noch tief in der Vagina, bis dieser groß anschwillt.

Heute wissen wir aus der Medizin, dass der Kitzler (Clitoris) der Frauen 9 cm bis 13 cm lang ist und an der Vorderwand der Vagina liegt; er ist ein ähnlicher Schwellkörper wie der männliche Penis. Daher wird beim Tantra-Ritual die Klitoris der Frauen lange Zeit gestreichelt und von außen geküsst, dabei erleben sie tiefe Wonnen der Lust. Geküsst werden auch die äußeren und die inneren Schamlippen, bis sie groß und dick werden. Nach einiger Zeit wechseln die Partner, und die Frauen küssen den Lingam der Männer; und sie streicheln ihre Goldkugeln zwischen den Beinen. Wenn der Penis steift ist, lädt die Frau den Partner zum Eindringen in ihre Yoni ein; sie öffnet ihre Schenkel und der Lingam des Mannes gleitet sanft in die weiche »Lotosblüte«. Er gleitet zuerst langsam und sanft, dann wird er schenller und er bewegt sich wild und spielerisch; er beginnt zu tanzen.

Nun singt die Frau: »Om mane padme hum«, das bedeutet: »Der Juwel ist in der Lotosblüte«. Beide Partner folgen diesem kosmischen Tanz des Lebens möglichst lang; der Mann muss lernen, seinen Samen zurückzuhalten; und die Frau muss lernen, mit ihren Bewegungen langsamer zu werden, wenn sie vom Mann ein Zeichen bekommt. So können beide diese tantrische Hochzeit längere Zeit erleben; sie können eine Pause einlegen und ruhig beisammen liegen, ohne dass der Mann seinen Samen abspritzt; denn dann können sie nach kurzer Zeit mit dem erotischen Spiel fortfahren. Dies ist hohe Liebeskunst aus der Tradition des Tantra, die Liebenden können nach der Paarung noch lange Zeit bei einander liegen; sie spüren gegenseitig ihre Körper, ihren Atem, die Lebenkraft, die kosmische Energie. Und sie können das Ritual wieder mit einer Meditation beschließen. Dieses festliche Ritual wird nur selten durchgeührt, evtl. einmal in der Woche oder gemäß dem Mondkalender.

In China sind viele Elemente aus der daoistischen Volksreligion in dieses Ritual eingegangen, auch in Japan wurde es vielgestaltig weiter entwickelt. Heute ist es auch in Europa und Nordamerika weit verbreitet. Dieses Ritual kann auch von zwei Frauen oder von Frauengruppen ausgeführt werden; es gibt auch Paare und Gruppen von homosexuellen Männern, welche dieses Ritual feiern. Nach der buddhistischen Ethik aber gibt es keine Anwendung von Gewalt, keine Schädigung von Kindern und Jugendlichen, keine Abwertung der Frauen, keine Dominanz der Männer. Es geht um den seelischen Gleichklang der Partner, um das Erleben von Aufmerksamkeit und Mitgefühl. Das Ritual basiert auf völliger Freiwilligkeit, kein Partner kann zu einer Handlung gezwungen werden, die er nicht tun möchte.

EROTISCHE KULTUR IN CHINA

Der chinesische Kulturraum hat uns eine Viezahl von erotischen Mythen und Riten hinterlassen, die in China heute noch aktualisiert werden. Auch in dieser Region lebten die Menschen in der Frühzeit als Jäger, Sammler und Fischer, im 7. Jahrtausend v.C. entstanden in den großen Flusstälern die ersten Ackerbaukulturen mit Reis und Getreide. Ung. zur selben Zeit bildeten sich in der Bergregionen die ersten Hirtennomaden und Viehzüchter. Es entstanden mehrere kleine Stadtkulturen und Fürstentümer, die mit einander in Konkurrenz lebten. Im Jahr 221 v.C. gelang dem Fürsten von Chin erstmalig die Bildung eines größeren Reiches, indem er die umliegenden Fürstentümer besiegte und von sich abhängig machte. Ab dieser Zeit wird China zu einem einheitlichen Staatsgebilde, das von verschiedenen Fürsten und Dynastien regiert wurde.

Die ältestern Schriftzeugnisse haben wir seit 1.000 v.C., da wurden Orakeltexte auf Tierknochen eingeritzt, und zwar in der frühchinesischen Bilderschrift. Später wurde diese Schrift weiter entwickelt, der Lehrer Kong zi (Konfuzius) hat uns im 5. Jh. v.C. schon große Schriften hinterlassen. Etwas jünger ist die Sammlung von alten Weisheitssprüchen der Bauern, das Buch »Dao teh ching«, das dem Lehrer Lao zi zugeschrieben wird. In diesem Buch erfahren wir viel über das Zusammenleben der Sippen und über die Rollen der Geschlechter. Die Mythen erzählen, dass die Göttin Niü Kua mit ihren Helferinnen die Menschen aus Lehm geformt habe. Die Frauen und die Männer der Oberschicht habe sie einzeln mit ihren Händen gefomt und ihnen dann einen Lebensgeist eingeblasen. Doch die vielen Menschen der Mittelschicht und der Unterschicht habe sie aus einem Hanfseil geferigt; dieses Seil habe sie durch den nassen Lehm gezogen und dann mit einem Steinmesser in viele kleine Teile zerschnitten. Diese Teile seien in der Sonne hart geworden, auch ihnen habe sie das Leben eingeblasen. Auf diese Weise seien auf der Erde die Menschen geworden, sie hätten sich dann schnell durch die Liebe vermehrt.

In China wurden alle Menschen von einer göttlichen Urmutter geschaffen, dieser Mythos deutet auf eine starke Stellung der Frauen in den Sippen der Frühzeit hin. Auch das Buch »Dao teh ching« berichtet, dass am Anfang ein weiblicher Urgund (dao) war, in ihm waren alle Kräfte vereinigt. Später wuchsen aus diesem Urgrund oder »Schoß« die beiden Kräfte yin und yang, also die Kräfte des Dunklen, des Weichen und des Weiblichen (yin), und die Kräfte des Hellen, der Harten und des Männlichen (yang). Doch beide Kräfte kämpfen nicht gegen einander, sondern beide greifen in einander und sie ergänzen sich. Also greifen auch die Frauen und die Männer ständig in einander und sie werden erst gemeinsam ganz. Aber die Urkraft und die Quelle des Lebens bleibt weiblich.

Jetzt in der patriarchalen Zeit sind die Männer den Frauen überlegen, sie herrschen über die Länder und Regionen; aber auf lange Sicht werden die Frauen stärker sein als die Männer. Denn die Körper der Frauen sind weich, durch die Geburten der Kinder sind sie näher beim Leben. Aber die Körper der Männer sind hart, vor allem im

Krieg sind sie näher beim Tod. Der ewige Urgrund wird als dunkles Weib gedacht, das aus seinem fruchtbaren Schoß die Pflanzen und die Tiere, die Sterne und die Sonne, die Gegenstände und die Menschen geboren hat. Alle Lebewesen, auch die Menschen, werden am Ende ihrer Zeit in diesen weiblichen Schoß zurückkehren. Dies ist ein matrifokaler Mythos des Weltanfangs, der noch um die Priorität der Frauen weiß. Sie sagen von sich, dass sie das ursprüngliche Geschlecht auf der Erde seien.

Im Buch »Dao teh ching« werden vor allem weibliche Lebenswerte vertreten und gelebt. Es wird gesagt, die Zusammenarbeit der Menschen und die Versöhnung der Gegner sei immer besser als der Kampf und der Krieg. Daher sei der Krieg der Männer das gefährlichste und das dümmste Ereignis bei den Menschen, denn immer gäbe es viele Tote zu beklagen. Die Frauen seien wie das Wasser, sie höhlen mit ihrer Beständigkeit den härtesten Stein der Männer aus. Der ewige Urgrund sei wie ein weiblicher Schoß, wie ein Tor zum Leben, aus dem alle Wesen hervor treten. Doch wir Menschen können diesen Urgrund nicht näher beschreiben, in den wir alle wieder zurück kehren werden. Nun arbeiten die Frauen und die Männer zusammen, sie lieben sich und sie lernen von einander. Auch die Männer können die weiblichen Lebenswerte lernen und verwirklichen.

Dies sind die Lehren der frühen Ackerbauern, die in China im breiten Volk gelehrt und gelebt wurden. Die Frauen und die Männer beggnen sich beim erotischen Liebesspiel, hier wirklen die gegensätzlichen Kräfte in einander. Die Frauen nehmen männliche Lebenskraft in ihre Körper auf, und die Männer öffnen sich für die weiblichen Qualitäten des Lebens. Durch das sexuelle

Liebesspiel stärken beide Geschlechter ihr Leben, sie wollen sich diesem Spiel möglichst oft hingeben. Die patriarchale Ehe war auch in China nur für die Menschen mit Besitz zugänglich, die große Mehrheit der Bevölkerung lebte in freien Liebesbeziehungen. Auch hier erkennen wir, dass die Frauen lange Zeit ihre Liebespartner wählen konnten und dass es freundschaftliche Bindungen zwischen den Geschlechtern gab.

Auch in China feierten die Ackerbauern das Ritual der heiligen Hochzeit auf den Reisfeldern und in den Viehweiden; aber sie hatten auch ihre Kultorte, an denen sie die Seelen der Ahnen verehrten und wo sie sich bei bestimmten Kultfesten paarten; das waren Frühlingsfeste, Herbstfeste oder das große Fest der Pfirsichblüte. Diese Feste werden in den ländlichen Regionen Chinas noch heute gefeiert. Die Mythen erzählen von einer Sonnenmutter, die zehn Sonnensöhne hat und jeden Tag eine andere Sonne auf die Bahn des Himmelszeltes schickt. Oder sie erzählen von einer Mondmutter, die zwölf Mondkinder hat und die alle vier Wochen ein anderes Kind auf die Himmelsbahn sendet. Sie erzählen vom Sternbild der Weberin und des Schafhirten und von der Hochzeit der beiden Sternbilder im Frühjahr. Dann zieht die Weberin in das Haus der Schafhirten und beide lieben sich, zu dieser Zeit feiern auf der Erde die Menschenpaare ihre Hochzeit.

Kong zi war ein Lehrer der Krieger, er hat mit seinen Schülern mehrere Bücher über das Leben der oberen sozialen Schichten verfasst; ein Buch der Lieder, ein Buch der Riten, ein Buch der Wandlungen, ein Buch der Jahreszeiten (Frühling und Herbst), mehrere Büher über die Moral. Darin wird wenig über die erotischen Beziehungen zwischen den Geschlechtern gesagt. Den Kriegern wird empfohlen, ihre Frauen und ihre Kinder zu lieben und viele Kinder zu zeugen, weil in jedem Krieg viele Männer zu Tode kommen. Die Lebensordnung ist patriarchal, die Männer bestimmen über das Leben der Frauen. Es geht um die Unterordnung der Söhne unter die Väter, der Krieger unter die Fürsten. Daher sind die konfuzianischen Lehren das Gegenstück zu den Lebenslehren der Daoisten; aber beide Traditionen prägen die moderne Kultur in China.

Im 2. Jh. n.C. kamen buddhistische Lehrer über Tibet nach China, andere kamen über den Seeweg mit Schiffen gefahren. Diese Lehrer verbanden sich sehr schnell mit den unteren sozialen Schichten und den Daoisten, sie hatten ähnliche Lebensformen und verfolgten eine ähnliche Sozialmoral. Vor allem ergänzten sie sich bei den erotischen Riten, die sie gemeinsam entfalteten. Die Buddhisten brachten aus Indien Formen der Meditation mit, daher wurden in China schon sehr früh Riten des Tantra verbreitet. Bald entstanden eigene chinesischen Tantralehren, welche die erotischen Riten der Daoisten ergänzten. Damit verbreitete sich im Volk und bei den Unterschichten eine hohe Liebeskultur der Geschlechter. Die Liebe wurde gedeutet als Begegnung mit der Welt des Göttlichen und mit der Lichwelt des Buddha.

Doch einige der buddhistischen Lehren wurden in China auch von der Oberschicht aufgenommen, denn die Krieger und die Adeligen erkannten in den Formen der Meditation, welche die Buddhisten mitbrachten, einen Nutzen für ihre Lebensziele. Auch die Krieger gingen in die Meditationshütten der Buddhisten, um dort die Abhärtung ihrer Körper, die Konzentration der geistigen Kräfte und die Unempfindlichkeit für Schmerz zu lernen. So entstand ein chinesischer Chuan-Buddhismus, der später ind Japan Zen genannt wurde. Wir sehen in China also zwei Formen der buddhisten Lehre, beide haben auch die erotischen Beziehungen der Geschlechter bereichert. In der Liebe werden die Frauen und die Männer gleichwertig, die Frauen übernehmen die führende Rolle beim Liebesspiel.

So entstanden in China mehrere Bücher der Liebeskunst, etwa das Buch »Kunst der Liebe« im 7 Jh. n.C. Darin wird gelehrt, dass die Männer beim Liebesspiel die Lebenskraft der Frauen in sich aufnehmen sollen. Das weibliche Geschlecht wird mit einer »Pfirsichblüte« verglichen, das duftet und das die Männer intensiv und lange Zeit küssen sollen. Das männliche Geschlecht wird »Jadestab« oder »Lotosstängel« genannt, der sich in die weibliche Kirschblüte hineinschiebt. An den Fürstenhöfen wurde auch die weibliche Homosexualität kultiviert, sie war auch bei den Bauern und Viehhirten weit verbreitet. Die männliche Homosexualität wurde toleriert, aber es wurde nicht für sie geworben.

In den Büchern der Liebeskunst wird den Frauen empfohlen, in der Nacht bei Mondlicht nackt zu tanzen, um eine schöne Haut und einen gesunden Körper zu bekommen. Denn beim Liebesspiel geben sie die Kraft des Mondes an die Männer weiter. Ein großes Liebesfest in den Dörfern war das Fest der Kirschblüten, da wurden die Ahnen herbei gerufen und es wurden erotische Tänze getanzt; dann liebten sich die Paare im Schatten der Bäume oder im Dunkel der Nacht. Auch zum Vollmond und zum Neumond wurden in den Dörfern erotische Riten ausgeführt, die Liebenden wollten kosmische Kräfte in ihre Körper aufnehmen. Und sie riefen dabei ihre Schutzgötter und die Seelen ihrer Ahnen an, damit sie ihnen ein langes Leben schenkten. Denn in China wurde allgemein geglaubt, dass durch die sexuelle Liebe das Leben der Frauen und der Männer verlängert werde.

Im 20. Jh. glaubte noch der kommunistische Führer Mao tse dong daran, daher ließ er sic h bis zu seinem Lebensende (1976) viele junge Mädchen zuführen. Die chinesischen Schriften der Liebeskunst beschreiben die verschiedenen Stellungen beim Liebesspiel; das Einhorn, der Drache, das Schwalbenpaar, Hengst und Pferdestute, der springende Tiger und der rote Phönix. Diese Tierbilder sollten die Phantasie der Liebenden anregen, denn sie wussten sich in ein kosmisches Geschehen eingebunden. Der männliche Penis wird mit dem Kopf einer Schildkröte verglichen; das weibliche Geschlecht wird »Jadetor« oder »Pfirsichblüte«, »Lotosblüte« oder »Goldschale«, »heiliges Tal« und »Silberrinne« bezeichnet, darin wird die besondere Wertschätzung der Männer dargestellt.

Die großen Bücher der Liebeskunst heißen: »Kunst des Schlafzimmers«, die »Lehren der unscheinbaren Mädchen«, das »Buch der höchsten Freuden«. Daran wird erkennbar, dass an den Fürstenhöfen die Freudenmädchen die Liebeskunst weiter entfaltet und gelehrt haben. Den Männern wird in diesen Büchern geraten, den »Jadesaft« der Frauen zu trinken, um ihr Leben zu stärken und zu verjüngen. Ein Buch über »Die Regeln der Frauen« beschreibt die Lehren und die Verhaltensweisen der Frauen aus der Oberschicht. Wir erkennen also eine hohe erotische Kultur an den Fürstenhöfen, aber auch in den Dörfern der Bauern, die den daoistischen Lehren und Riten folgten. China war in der Politik eine patriarchale Kultur, aber in den Liebesbeziehungen blieben die Frauen lange Zeit dominant.

Durch die Lehren der Buddhisten entstanden in China neue Bücher der Erotik, etwa das »Lotos-Sutra«, das die Rituale des Tantra verbreiten wollte. Dabei wurde die Liebesgöttin Kwanin angerufen, sie möge den Liebenden Kraft und Ausdauer geben. Darin war die »Pfirsichblüte« das Symbol für das weibliche Geschlecht, der »Pfirsichstängel« für den männlichen Penis. Beide Geschlechter sollten lernen, sich möglichst lange Zeit zu vereinigen und dabei intensiv an die Lichtwelt des Buddha zu denken. Bei jedem Tantra-Ritual sollte das Urgeschehen der Welterschaffung erneuert werden. Wenn sich beide Geschlechter vereinigen, erleben beide die sinnliche Ekstase, sie begegnen der Welt ihrer Ahnen oder dem ewigen weiblichen Urgrund (Dao). Ihr Leben wird durch die Liebe ständig verwandelt.

Wir erkennen auch in China eine hohe Kultur der erotischen Liebeskunst, auch wenn die Lebenswelt der Oberschicht stark von den Männern dominiert war. Diese Männer wussten, dass sie zur Weitergabe des Lebens und zum Zusammenhalt der Sippen die Frauen brauchten. Die Frauen waren für sie die Spenderinnen der sinnlichen Lus, die Hüterinnen des Lebens und die Lehrerinnen der Lebenskunst. Hier verbanden sich daoistische und buddhistische Lehren, die selbst von den Konfuzianern hoch geschätzt wurden. Das Liebesspiel wurde geistig und mental überhöht, die Menschen begegneten den Seelen der Vorfahren, den Schutzgöttern der Liebe oder der Lichtwelt des Buddha. Damit wurde das Liebesspiel etwas Göttliches und Heiligen, es war der Banalität des Alltags enthoben. Vieles von dieser Liebeskultur lebt heute in der modernen Gesellschaft Chinas weiter.

JAPANISCHE LIEBESKULTUR

Die japanischen Inseln sind seit ca. 30.000 Jahren von Menschen bewohnt, die frühen Siedler lebten als Fischer, als Jäger von Wildtieren und als Sammler von Wildfrüchten. Seit ca. 7.000 v.C. gibt es auch in den Flusstälern Japans die ersten Spuren des Ackerbaus, die Bauern kultivierten Wildgräser und Knollenfrüchte. Zur gleichen Zeit begannen Gruppen von Jägern Wildtiere (Schafe, Ziegen, Pferde, Rinder) einzusperren und zu zähmen, es entstand die Kultur der Viehzüchter. Diese drei Kulturen lebten neben einander und im Austausch mit einander. Vor allem die Ackerbauern (Reis) bauten kleine Dörfer und später größere Städte. Eine Schrift ist auf den japanischen Inseln erst im 8. Jh. n.C. entstanden, die Schrift kam aus China und Korea nach Japan; später wurde aus der chinesischen Bilderschrift eine eigene japanische Schrift gebildet. Die ersten Schriften heißen Nihongi und Konjiki (um 720 n.C.)

In ihren Mythen erzählen die Japaner von einem Götterpaar Izanagi (Mann) und Izanani (Frau), die auf der Himmelsbrücke (Regenbogen) standen und mit Stangen Schlamm aus dem Meer holten. Dieser Schlamm schwamm auf dem Wasser, daraus wurden die Inseln Japans. Die beiden Götter feierten die Hochzeit, sie gingen um ein Feuer; zuerst rief die Göttin: »Was bis du für ein schöner Mann«. Dann rief der Gott: »Was bist du für eine schöne Frau«. Dann umarmten sie sich und paarten sich. Doch die Kinder, die geboren wurden, waren krank und starben. Darauf änderten sie das Ritual. Jetzt rief der Gott zuerst: »Was bist du für eine schöne Frau« und dann rief die Göttin: »Was bist du für ein schöner Mann«. Jetzt blieben die Kinder gesund und die Götter überlebten.

Damit wird in diesem Mythos der Übergang von der matriachalen Kultur zur männerzentrierten Lebensform dargestellt. Dieses Ritual wird in Japan noch heute bei den traditionellen Hochzeiten wiederholt, viele Frauen kehren aber wieder zum frühen Ritual zurück. Ein anderer Mythos erzählt von der großen Sonnengöttin Amaterazu, die ihre Reisfelder pflegte. Doch ihr Bruder, der Meeresgott Asanowo überschwemmte mit seinen Fluten regelmäßig die Reisfelder der Göttin. Darauf zog sie sich in eine Höhle zurück und verschloss den Eingang; nun war es in der Welt der Götter und der Menschen finster. Da führten die Götter und Göttinnen einen erotischen Tanz vor der Höhle auf, und die Sonne kam wieder zum Leuchten. Jetzt wurde der Meeresgott vom Rat der Götter bestraft, er durfte fortan nicht mehr die Felder der Sonnengöttin überschwemmen.

Der Mythos erzählt vor erotischen Tänzen und Liebesspielen der Götter, welche die Sonne wieder aus ihrer Höhle holten. Das bedeutet für die Menschen, dass auch ihre Liebesspiele das Wachstum auf der Erde und bei den Viehherden anstacheln und befeuern. Auch die frühen Ackerbauern in Japan feierten das Ritual der heiligen Hochzeit, die Männer und die Frauen liebten sich zu bestimmten Festzeiten in den Feldern, den Viehweiden und in den Obstgärten. Denn sie waren der Überzeugung, dass durch das erotische Liebesspiel die Kräfte des Wachstums gestärkt werden. Die Japaner hatten

Kultorte, wo sie die Seelen ihrer Vorfahren verehrten; auch dort feierten sie die heilige Hochzeit, um das Leben in den Sippen weitergeben zu können. Denn die Ahnen schützten das Liebesspiel.

Weit verbreitet waren an den Kultorten die erotischen Tänze, die in beiden Geschlechtern die Kräfte des Lebens wecken sollten. Die Japaner nannten den männlichen Penis »Juwelenstab« oder »Himmelssäule« oder »wilden Sporn«. Das weibliche Geschlecht nannten sie »Pfirsichblüte« oder »Lotosblüte«. Auch sie stellten das weibliche und das männliche Geschlecht in Stein oder in Holz dar, die Menschen wollten durch die Berührung weibliche und männliche Lebenskräfte in sich aufnehmen. An den Kultorten wurden Schlangen gehalten, sie waren ein Symbol für den männlichen Penis und galten als Spender der Fruchtbarkeit. An diesen Orten und später in den Tempeln verrichteten Frauen ihre erotischen Dienste für die Männer, denn sie lehrten sie die Kunst des Liebesspiels und sie vermehrten deren Lebenskraft. Damit wurden auch in Japan die Frauen die Lehrerinnen der erotischen Liebe, welche die Männer zu Mitgefühl und zu Sanftheit anleiteten.

Der zweite Lernort der erotischen Kultur waren auch in Japan die Fürstenhöfe. Denn die Fürsten und die Adeligen hatten mehrere Frauen, mit denen sie verheiratet waren; dazu noch viele Freudenmädchen, welche ihre Liebeskunst frei entfalten konnten. Sie hießen die »unscheinbaren Mädchen«, weil sie stets im Hintergrund blieben und nicht öffentlich auftraten. Sie wollten zum einen den Männern einen langen und intensiven Liebesgenuss schenken, aber sie wollten zum andern die Männer der Oberschicht auch zu Sanftheit und Mitgefühl erziehen. Dies war nicht die Aufgabe der Ehefrauen, denn sie mussten den Männern viele Kinder gebären. Und für die Zeugung von Kindern genügte auch eine schnelle biologische Verrichtung.

Die Lehren dieser unscheinbaren Freudenmädchen wurden später von Schreibern aufgeschrieben. Eines dieser Bücher heißt »Lehren der dunklen Mädchen«, ein anderes »Dialoge des gelben Kaisers«. Darin werden verschiedene Formen des erotischen Liebesspieles beschrieben. Darin heißt es, wie das Wasser dem Feuer überlegen ist, so ist in der Liebe die Frau dem Mann überlegen; denn sie kann viel länger als er sinnliche Lust erleben. Die Liebe sei das schönste Geschenk der Götter an die Menschen, sie verlängere das Leben der Liebenden. Andere Bücher der Liebeskunst heißen »Geschichte des Prinzen Genji« oder »Bekenntnisse der Frau Nijo«. Auch darin werden die verschiedenen Künste des erotischen Spiels der Geschlechter beleuchtet.

Auch in Japan war das erotische Liebespiel zwischen den Frauen an den Fürstenhöfen verbreitet, männliche Homosexualität wurde toleriert, aber nicht gefördert. Seit dem 4. Jh. n.C. kamen buddhistische und daoistische Lehrer von China über Korea nach Japan, sie verbreiteten dort ihre Lehren und Riten; zuerst im breiten Volk, später auch bei den Kriegern und Adeligen. Sie richteten Meditationshallen ein und verbanden die Riten der Erotik mit den Formen der Meditation. Sie bezogen sich dabei auf die Lichtwelt des Buddha oder auf den ewigen Urgrund des Dao. Dabei brachten sie neue Bildwelten in die Beziehung der Geschlechter; und die Buddhisten lehrten vor allem das Ritual des Tantra, das die sexuellen Beziehungen der Männer und der Frauen vertiefen sollte. Die Liebenden riefen den Amida-Buddha an, dem sie sich anvertrauen wollten.

In Japan wurden bald männliche und weibliche Buddha-Gestalten geschaffen und aufgestellt, die Liebenden wollten sich beim Liebesspiel einer umfassenden und bergenden Kraft anvertrauen. Diese Kraft hieß für die Daoisten Dao, für die Buddhisten Amida-Buddha. Aber auch die Krieger (Samurai) und die Adeligen in Japan übernahmen bald buddhistische Lehren und Riten, sie schufen den Zen-Buddhismus der Abhärtung und der Konzentration. Hier stand nicht das Liebesspiel im Vordergrund, sondern die Abhärtung für den Kampf und den Krieg. Doch Amida und Zen ergänzten sich in Japan, auch die Adeligen lernten erotische Meditationen. Damit konnten sich die Tantra-Riten in fast allen Schichten der Bevölkerung verbreiten, auch die Samurai hatten neben ihren Ehefrauen eigene Frauen für die Liebeskunst (Geisha), die von ihnen gut bezahlt wurden.

So entstanden in Japan viele Bücher der Liebeskunst, die in der Oberschicht, aber auch in der Mittelschicht verbreitet wurden. In den ländlichen Regionen waren es die weiblichen und die männlichen Lehrältesten, welche die jungen Männer und Frauen in die Liebeskunst einführten. Sie profitierten auch von den daoistischen und buddhistischen Lehren, die im ganzen Land verbreitet wurden. Auch die Bauern, die Hirten, die Handwerker, die Fischer, die Händler lernten Formen der Meditation, die sie mit dem Liebesspiel verbanden. Sie liebten sich in der warmen Jahreszeit in der freien Natur, unter Bäumen, an Seen, bei den Reisfeldern. Auch sie verehrten den Amida-Buddha, bei dem sie sich geschützt und geborgen wussten.

In den frühen Stadtkulturen wurden neue Bücher der Liebeskunst verfasst, dort gab es die »Häuser der Liebe« (ukyio), wo die jungen Männer in die erotische Kunst eingeführt wurden. Diese Häuser hießen die »fließende Welt«, wo junge Frauen ihre erotischen Dienste anboten. Ihre Bücher heißen: »Der Mann, der für die Liebe lebte« oder »Fünf Frauen, die liebten«; Darin wird auch die Homosexualität der Frauen beschrieben; die Homosexualität der Männer ist uns nur aus Zeichnungen bekannt geworden. Im 16. Jh. entstand das Buch »Die Freuden des Mannes«, in dem die Geishas ihre Liebeskünste zusammen fassten. Diese Frauen waren gut gebildet, sie taten bei den Fürsten ihre Dienste als Tänzerinnen und als Lehrerinnen der Liebeskunst. Viele dieser Frauen kamen aus der Oberschicht, sie hatten eine lange Ausbildung hinter sich.

In der Frühzeit schlossen die Männer der Oberschicht mit den Geishas Verträge der Freundschaft auf begrenzte Zeit. Sie waren nicht mit ihnen verheiratet, aber sie trafen sie regelmäßig zum Gespräch, zum Spiel und zur Entfaltung der sexuellen Lust. Damit ergänzten die Geishas die patriarchale Eheform, denn sie bekamen großen politischen Einfluss auf die Männer, denen sie verbunden waren. Sie mussten daher verschwiegen sein, sie sollten nicht geldgierig sein, aber sie mussten literarisch gebildet sein. Sie besuchten die Tempel der Ahnen und des Buddha, sie bildeten sich ständig weiter, sie wussten Bescheid über gesunde Nahrung und über Hygiene, sie kannten Heilkräuter. Ihre Aufgabe war es auch, weibliche Lebenswerte an die Männer der Oberschicht weiterzugeben.

Damit konnte in Japan eine sehr erotische Kultur entstehen, sowohl in den ländlichen Regionen, als auch in den Städten und Großstädten. Bereichert wurde diese Kultur durch buddhistische Formen der Meditation und durch Lehren der chinesischen Daoisten. Im 20. Jh. ist eine Fülle von erotischen Liebesromanen und Filmen entstanden. Und im 21. Jh. ist Japan führend bei der Herstellung von Sex-Robotern, die menschliche Liebespartner ersetzen sollen. Denn viele Männer, aber auch Frauen in Japan finden heute keine Liebespartner mehr, aber das ist eine völlig neue Situation.

ISLAMISCHE LEBENSWELT

Die islamische Lebenswelt umfasst heute etwa 1,7 Milliarden Menschen in verschiedenen Regionen der Erde, von Indonesien bis Marokko. Diese Völker und Stämme haben verschiedene Lebensformen ausgeprägt, gemeinsam ist ihnen der Glaube an den Weltgott Allah. Entstanden ist diese Weltreligion im 7. Jh. in Arabien, wo der Prophet Muhammad mit seinen Anhängern den Islam als einzige erlaubte Religion durchsetzte. Damit wurde der Glaube an die vielen Götter und Göttinnen beendet, fortan durfte nur mehr der Kriegergott Allah verehrt werden. Islam heißt Hingabe an den Gott Allah, Moslems sind alle sich an diesen Gott hingebenden Menschen. Diese Religion entstand in einer Kultur der Hirtennomaden und der Viehzüchter, frühe Ackerbauern spielten dabei kaum eine Rolle. Die Lehren dieser Religion sind im heiligen Buch des Koran zusammen gefasst.

Vor dem Islam wurden in Arabien auch Göttinnen der Fruchtbarkeit verehrt (Al Allat, Al Usha), aber sie durften nach der Religionsreform des Propheten Muhammad nicht mehr angerufen werden. Wir haben es mit einer extrem patriarchalen Kultur zu tun, in der die Männer über die Frauen herrschen und bestimmen. Die patriarchale Ehe wurde für alle freien und besitzenden Männer und Frauen eingeführt. Doch Unfreie und Besitzlose leben ihre sexuellen Beziehungen ohne Ehevertrag. Die Männer können mit bis zu vier Frauen verheiratet sein und mit ihnen Kinder haben, wenn sie diese ernähren können. Den Ehefrauen wird die Todesstrafe angedroht, wenn sie aus der Ehe ausbrechen. Die Ehescheidung können nur die Männer begehren.

Die alten Texte berichten von Riten der Fruchtbarkeit in Arabien in der Zeit vor dem Islam. Denn im heiligen Stein der Kaaba waren die Bilder der Göttinnen Al Allat und Al Usha eingemeißelt. Die Pilger berührten die Geschlechtsteile der Göttinnen, um ihre Lebenskraft zu stärken. Unter dem Propheten Muhammad wurden die Bilder der Göttinnen zerstört, sie durften nicht mehr verehrt werden. Die Lehren der Propheten stammen zum Teil aus der arabischen Volksreligion, zum Teil aus der jüdischen Bibel, zum Teil aus den judenchristlichen Schriften über Jesus. Daher berichtet der Koran über die ersten Menschen Adam und Eva, die vom Teufel zur Sünde verführt wurden. Aber hier ist nicht die Frau Eva die Verführerindes Mannes Adam, sondern beide wurden vom Teufel in der Gestalt der Schlange angesprochen.

Anders als die Christen kennt der Islam keine Erbsünde, sondern die Menschen sind von ihrer Natur aus gut und zu moralisch guten Taten fähig. Aber sie werden ständig vom Teufel zu bösen Taten verleitet. Zwei unsichtbare Engel auf den Schultern der Menschen schreiben deren guten und bösen Taten auf. Beim Endgericht werden alle Menschen vom Gott Allah gerichtet, die moralisch guten Menschen kommen in das himmlische Paradies, die Übeltäter aber kommen in das ewige Feuer der Hölle. Nun hat der islamische Himmel aber sehr erotische Züge, denn die Männer und Frauen werden dort wieder jung und erfreuen sich am Liebesspiel mit jungen Mädchen (huris).

Die Moslems entwickelten an den Fürstenhöfen der Kalifen und der Emire und Sultane eine hohe erotische Kultur, denn die Männer hatten dort mehrere Ehefrauen, dazu noch ihre Freudenmädchen und die Sklavinnen. Sie haben uns einige Schriften hinterlassen, in denen die erotische Liebeskultur dargelegt wird. Auch wenn die Frauen in der Rolle der Untergebenen waren und sind, haben sie das Liebesleben entscheidend mitgeprägt. Doch die Frauen durften die Schönheit ihrer Körper und ihre erotischen Reize nur ihren Ehemännern zeigen, daher mussten sie in der Öffentlichkeit lange Kleider und lange Schleier tragen. Heute wird im europäischen Islam um diese Verschleierung heftig gestritten.

Nach der islamischen Lehre werden alle Knaben bald nach ihrer Geburt an der Penisvorhaut beschnitten; das ist ein archaisches Teilopfer an den Gott Allah. Die Männer werden daran erinnert, dass dieser Gott über ihr Leben und ihr Blut bestimmen kann. In vielen islamischen Ländern Afrikas ist die Beschneidung der Mädchen (Klitoris und Schamlippen) weit verbreitet, heute sind ungefähr 200 Millionen Frauen davon betroffen. Aber diese Beschneidung der Frauen gehört nicht zum Glauben der Moslems, sie ist älter als der Islam. Doch die Moslems haben es nicht versucht und nicht geschafft, dieses grausame Ritual zu beenden. Heute wird zumindest im europäischen Islam darum gerungen, die Mädchenbeschneidung in Europa zu verbieten, was aber kaum möglich ist. Damit hat der Islam vom Lebensanfang an mit Blut zu tun, was bei den anderen Religionen kaum der Fall ist.

Im breiten Volk der Hirtennomaden und der Viehzüchter, aber auch der Ackerbauern, der Händler und der Handwerker wurde eine liberale Form der erotischen Beziehungen gelebt. Geschützt waren nur die Ehen der besitzenden Männer, in ihre Ehen durften keine fremden Männer einbrechen. Die besitzlosen und unfreien Moslems paarten sich nach freier Wahl und nach den realen Möglichkeiten, auch hier wurden die Kinder in den Sippen erzogen. Die Moslems eroberten ständig fremde Stämme und holten von dort Menschen als Sklaven; die meisten männlichen Sklaven wurden kastriert, damit sie kein Leben weitergeben konnten. Viehraub und Menschenraub waren ständige Ziele der islamischen Herrscher, ganz Südosteuropa war davon betroffen (Osmanen).

Im späten Mittelalter entstanden in islamischen Ländern einige Bücher über die erotische Kultur an den Fürstenhöfen; etwa die »Kunst der Liebe« und das »Buch der Liebe« aus dem 14. Jh. n.C. oder die »Duftgärten der Seele« im 17. Jh. Dort wird das Liebesleben der Freudenmädchen (huris) an den Höfen der Krieger und der Adeligen beschrieben. Diese Frauen verstanden es, den Männern die höchsten sinnlichen Genüsse zu verschaffen. Sie benutzten Salben und Duftstoffe, um das erotische Erleben zu vertiefen. Der Gott Allah hat seine Freude am Liebesleben der Moslems, denn sie sollen viele Kinder zeugen. Der Prophet Muhammad war ein Meister des Liebesspiels, denn er war mit neun Frauen verheiratet. Seine Lieblingsfrau Aisha wird als Meisterin der Erotik gepriesen.

So haben sich in der islamischen Welt verschiedene Formen der erotischen Liebeskultur gebildet. Das sind in den Ländern Indonesiens andere als in der Ländern Indiens und Pakistans. Eigene Kulturen der Erotik entwickelten die Völker Persiens oder die arabischen Stämme, die Turkvölker oder die Stämme Nordafrikas. Aber alle diese Länder sind von patriarchalen Kulturen geprägt, eine Gleichwertigkeit der Frauen und der Männer ist nicht gegeben. Moslems betonen, dass sie innerhalb der Sippen sehr sinnlich und erotisch leben, dass sie aber diese Sinnlichkeit nicht nach außen zeigen. Dies ist durchaus möglich und wahrscheinlich, aber die Frauen ringen in allen islamischen Ländern um Gleichberechtigung und um Gleichheit in den Lebenschancen. Davon ist der gesamte Weltislam noch sehr weit entfernt. Aber es besteht die Chance, dass ein Europa und Nordamerika ein westlicher Islam entstehen kann, in dem auch die Frauen ihre vollen Möglichkeiten der Selbstentfaltung bekommen können.

CHRISTLICHE LEBENSWELT

In den christlich geprägten Gesellschaften Europas und Amerikas konnten in den letzten Jahrzehnten und Jahrhunderten erotische Lebensformen wachsen, ohne dass die Religion viel dazu beigetragen hat. Vielmehr haben die Lehren der Theologen diese Lebensform über viele Jahrhunderte verhindert. Erst mit der Relativierung der religiösen Lehren und Normen ist eine erotische Lebenskultur möglich geworden, wie sie in der griechisch-römischen Antike zum Teil schon gelebt worden ist. Denn in der christlichen Kultur und Lebenswelt haben sich ohne Zweifel die asketischen und körperfeindlichen Gruppen und Lehren durchgesetzt, gegenüber den lustfreundlichen und hedonistischen Lebensformen, die es in der Frühzeit auch gab. Hier soll ein kurzer Überblick über diese Entwicklung gegeben werden.

Wie hat die christliche Religion und Lehre begonnen? Am Anfang stand ohne Zweifel ein jüdischer Wanderlehrer, Jesus aus Nazareth, von dem keine körperfeindlichen Lehren berichtet wurden. Als freier jüdischer Mann wurde er mit 16 Jahren verheiratet, den Namen seiner Frau kennen wir nicht. Er arbeitete als Bauarbeiter in der griechischen Stadt Sepphoris, die Kinder wurden in der Sippe erzogen. Im Jahr 20 n.C. wurden die Arbeiten am Palast des Fürsten Herodes Antipas eingestellt, weil dieser seine Residenz nach Tiberias am See Genesaret verlegte. Damit wurde auch Jesus arbeitslos, er verdingte sich als

Lohnarbeiter bei den Bauern. Um das Jahr 27. n.C. beschloss er mit Freunden, eine Predigtätigkeit in Galiläa zu beginnen; kurzzeitig hatte er in Alexandria eine Ausbildung zum Heiler gemacht. Diese Prediger erhielten viel Zulauf, denn sie forderten die reichen Kornbauern und die Fischereibesitzer zum Teilen ihrer Gewinne mit den Armen im Land auf.

Diesen Wanderlehrern schlossen sich Männer und Frauen an, sie wollten mehr Gerechtigkeit im Land, und sie kritisierten den Tempel in Jerusalem. Denn die Priester und Gesetzeslehrer kümmerten sich kaum um die Not leidenden Familien und Sippen. Jesus organisierte mit seinen Anhängern eine effektive Armenhilfe, auch viele Frauen aus den oberen Schichten unterstützten ihn dabei. Eine von ihnen war die Witwe Maria aus Magdala am See, sie wurde Magdalena genannt. Sie verliebte sich in Jesus, dessen Frau wahrscheinlich schon tot war, und sie engagierte sich stark für seine Bewegung. Er lehrte seine Schüler das ekstatische Gebet, in dem sie sich der göttlichen Welt sehr nahe wussten.

Die Gruppe um Jesus veranstaltete drei Wallfahrten zum Tempel in Jerusalem, um ihre Lehre auch dort zu verbreiten. Als sie beim Tempel die Wechseltische der Händler umstießen und Kleintiere freiließen, die als Opfer im Tempel bestimmt waren, wurde Jesus von der Tempelwache gefangengesetzt. Die Priester machten ihm den Prozess wegen »Gotteslästerung«, sie verurteilten ihn zum Tod. Der römische Prokurator Pontius Pilatus musste das Todesurteil bestätigen. So starb Jesus vor dem Pesachfest des Jahres 30 n.C. den Tod der Aufrührer am Kreuz. Für seine Jünger brach eine Welt zusammen, doch seine Freundin Magdalena konnte sich mit seinem Tod nicht abfinden. Sie sah in einer ekstatischen Vision Jesus als Lebenden, der vom Tod auferstanden war. Auch die anderen Jünger sahen ihn im ekstatischen Gebet bald als Auferstandenen, sein Werk konnte und musste weitergehen.

Einige erzählten auch, Jesus habe die Kreuzigung überlebt, weil ihm nicht die Knochen zertrümmert wurden; er sei im Felsengrab zu sich gekommen, habe sich dort befreit und sei nach Galiläa gewandert. Von dort sei er unerkannt bis nach Persien und Indien ausgewandert. In Indien leben Gruppen, die heute noch diese Geschichte erzählen. Doch viel wahrscheinlicher ist, dass er am Kreuz gestorben ist und dass seine Jünger ihn in ihren ekstatischen Visionen als Lebenden sehen. Deswegen führten sie seine Bewegung in Judäa, in Galiläa, in Samaria weiter. Griechisch sprechende Juden und interessierte Griechen verbreiteten diese Bewegung in den Großstädten Alexandria und Antiochia, und sie machten daraus in kurzer Zeit eine neue griechische Mysterienreligion. Sie verehrten den gekreuzigten Jesus als neuen Kulthelden, als neuen Herakles, Dionysos und Asklepios. Aber sie gaben Jesu Programm der Armenhilfe, der sozialen Gerechtigkeit und der Bewahrung des Friedens weiter. Dies war das neue griechische Christentum (christianoi).

Diese frühen Christen lebten in einer sinnlichen und erotischen Kultur, die Männer in Korinth gingen auch als Christen zu den Priesterinnen der Göttin Aphrodite, um sich im Tempel mit ihnen zu paaren. Das berichtet der Prediger Paulus aus Tarsos. Doch diese Christen werteten die Frauen auf, sie lehnten die einseitige Ehescheidung der Männer ab; sie unterstützten die Armen und Not Leidenden und erwarteten nach ihrem Tod ein gutes Schicksal bei Gott im Himmel; sie sprachen sogar von einem himmlischen Hochzeitsmahl. Sie feierten an jedem Sonntag die Danksagung und Erinnerung an Jesus (eucharistia), dabei aßen sie Brot und Früchte und sie tranken Wein; sie sprachen von einem Liebesmahl (agape). In Alexandria gab es Gruppen von Christen, die Philibioniten und die Karpokraten, welche die Erinnerung an Jesus als erotisches Liebesfest feierten.

Darüber berichten uns Klemens von Alexandria, Epiphanios von Zypern und Justinos aus Nablus. Sie feierten die Eucharistie wie ein Dionysosfest, sie aßen Brot und tranken Wein. Danach löschten sie die Öllampen und paarten sich in freier Liebe. Einige Gruppen aßen sogar den männlichen Samen und schlürften das Menstruationsblut der Frauen; und sie sprachen vom »Leib und vom Blut« Christi. Wir erkennen also, dass es im frühen Christentum in den Großstädten sehr erotische Gruppen gab. Aber dann setzten sich die Asketen durch, die lehrten, durch die sexuelle Askese kommen die Menschen näher zu Gott als durch ein aktives Sexualleben. Die Apolalyptiker erwarteten den baldigen Weltuntergang und wollten keine Kinder mehr zeugen; und in Ägypten und Syrien bildeten sich Gruppen von Mönchen und Nonnen, die vorgaben, sexuell enthaltsam zu leben.

Diese körperfeindlichen Gruppen setzten sich bald durch und drängten die erotischen Christen an den Rand. Gleichzeitig wurden die Frauen wieder abgewertet, sie mussten den Männern untertan sein und sie durften in den Gottesdiensten nicht mehr lehren. Die männlichen Kleriker sollten vor der Feier der Eucharistie sexuell enthaltsam leben, weil sie dann näher bei Gott seien. Einen Tiefpunkt der christlichen Körperfeindlichkeit stellt der afrikanischen Theologe Aurelius Augustinus dar. Er war Rhetor, lebte in freier Liebe und hatte einen Sohn (Adeodatus) und war Anhänger der persischen Manichäer. Nachdem er Christ wurde, verstieß er seine Geliebte und seinen Sohn und er lehrte die sexuelle Enthaltsamkeit. Denn er schrieb um 397 n.C. die entfaltete Sexualität sei nur in der gesegneten Ehe erlaubt; außerhalb dieser Ehe sei sie eine »Sünde«. Damit machte er 35 % bis 40 % der Bevölkerung zu Sündern, die keine Ehe schließen konnten, weil sie ohne Besitz oder Unfreie waren.

Dies ist die offizielle Lehre der Großkirchen bis ins 20. Jh. geblieben, wir kennen keine andere Religion der Erde, die ähnliche körperfeindliche Gesetze erlassen hat. Freilich wurden sie bei Weitem nicht überall durchgesetzt und eingehalten, aber sie haben viele Millionen Christen zu einem negativen Sündenbewusstsein gezwungen. Doch die große Mehrheit der Christen lebte nicht nach diesen Gesetzen, denn auch die Männer und Frauen ohne Ehe zeugten durch alle Jahrhunderte viele Kinder, ganz ohne Sündenbewusstsein. Viele Kleriker waren verheiratet oder lebten mit Konkubinen. De Reformatoren Martin Luther, Huldrych Zwingli, Jean Calvin oder John Knox haben die Ehe deutlich aufgewertet, aber sie akzeptierten keine freie Sexualität zwischen den Geschlechtern; Homosexualität wurde für beide Geschlechter verboten.

Die frühen Christen lebten in der Spätantike wie die Mehrheitsbevölkerung des römischen Imperiums. Sie strebten nach einer strengeren Moral als diese, sie wollten für die Armen und Entrechteten sorgen, sie setzten keine unerwünschten Kinder aus, sie verzichteten auf die Ehescheidung, so lange dies möglich war; sie sprachen vor

Gott den Männern und den Frauen, den Freien und den Unfreien, den Römern und den Nichtrömern den gleichen Wert zu. Früh bildeten sich Gemeinschaften von Gott geweihten »Jungfrauen« (virgines), die auf die Ehe verzichteten. Aber auch zu dieser Zeit konnten 35 % bis 40 % der Bevölkerung gar keine Ehe eingehen. Diese Männer und Frauen lebten in freien sexuellen Beziehungen, sie strebten nach dem Wert der Freundschaft (amicitia). Auch die christlichen Männer gingen weiterhin zu den Freudenmädchen und in die Häuser der Lust (Bordelle).

Helena, die Mutter von Kaiser Konstantin, war Christin und Bordellwirtin in der Stadt Trier (Castra Treverorum). Die Häuser der Lust waren in den römischen Städten vor allem an den Ausfahrts- und Einfahrtsstraßen, für sie gab es großen Bedarf. Wir dürfen nicht von den strengen Lehren der Theologen auf das reale Leben der Laienchristen schließen. Diese lebten ungleich sinnlicher, als die asketischen Theologen ihnen vorgaben. Weil dort die Asketen das Übergewicht hatten, haben wir kaum eine erotische Literatur aus der Zeit der frühen Christianisierung. Zum anderen ist die christliche Religion bei weitem nicht in alle Regionen des Imperiums vorgedrungen. Vor allem die ländlichen Regionen (pagani) blieben bei ihren herkömmlichen Bräuchen auch in der Beziehung der Geschlechter. In den Notzeiten vertrösteten die Prediger die Laienchristen mit den Versprechungen vom Reich Gottes nach dem Tod.

Es gab in der Frühzeit eine Vielfalt von christlichen Bewegungen und Lebensformen. Die gnostischen und libertinistischen Christen lebten auch in den sexuellen Beziehungen die freie Wahl der Personen; christliche Herren hatten sexuelle Beziehungen mit ihren christlichen oder nichtchristlichen Sklavinnen. Die antiken Philosophenschulen setzten sich für die Aufwertung der Frauen und der Sklaven ein, viele Christen waren von diesen Schulen geprägt. Störend für die sexuellen Beziehungen war die Sündenangst, die von den Klerikern gepredigt wurde; damit verbunden war die Angst vor dem Teufel und der Hölle. Verloren gegangen war die jüdische Lehre vom Hohen Lied der Liebe, dass Gott selbst die Liebenden beschützt und dass diese seinen Auftrag erfüllen. Die Mönche und Nonnen wollten auf gelebte Sexualität verzichten, was ihnen aber sicher nicht gelang.

Viele Theologen sahen im inneren Kampf gegen das erotische Begehren einen Kampf gegen die Mächte des Bösen, es kam partiell zu einer Dämonisierung der Sexualität. Doch diese Lehren wurden nur von einer Minderheit der Laienchristen übernommen, wie die Kleriker in ihren Schriften ständig beklagen. So hat das offizielle Christentum der Bischöfe und Theologen wenig zu einer erotischen Kultur beigetragen. Doch diese Kultur lebte in den Städten der Spätantike weiter, so lange es die politischen Verhältnisse zuließen. In der Zeit der Auflösung des Imperiums ging es vor allem um das Überleben der Romanen, während die siegreichen Völker und Stämme (Franken, Ostgoten, Burgunder, Westgoten, Vandalen, Langobarden, Alemannen) ihre erotische Kultur mitbrachten. Darin gab es noch den Frauenraub und den Männerraub, Vergewaltigungen der Frauen in den Kriegen waren weit verbreitet.

Doch mit der Sesshaftwerdung dieser Stämme und Völker nahmen auch sie partiell die Lebensformen der Romanen an (Vita Severini, um 500 n.C.). Denn sie übernahmen zum Teil römische Gesetze und die römische

Verwaltung, wie uns die frühen Gesetzbücher sagen (Lex Francorum, Lex Langobardorum, Lex Gotharum, Lex Alemanorum). Mit der Christianisierung dieser Völker nahm nur deren Oberschicht zum Teil die christlichen Moralnormen an. Denn die Fürsten und Könige dieser Völker hatten weiterhin mehrere Frauen, was ihnen die Kleriker nicht verbieten konnte. Zu dieser Zeit stiegen die höheren Kleriker (Bischöfe) in den Rang von Fürsten auf, auch sie waren verheiratet und konnten ihre Güter in ihren Sippen vererben.

Aber genau diese Erbschaft hatte eine Synode der Bischöfe im Lateran in Rom im Jahr 1139 verboten. Seither dürfen Kleriker pro forma keine Ehe mehr schließen, aber sie dürfen weiterhin mit Frauen (concubinae) leben. Nur deren Kindern waren nicht mehr erbberechtigt. Damit hatte der sog. Zölibat (coelibatum) der Priester nur erbrechtliche Gründe. Später wurde daraus eine Ideologie der besonderen Frömmigkeit und Gottesverbundenheit. Sehr negativ auf das Sexualleben der Laienchristen wirkte sich die Lehren von der »Erbsünde« aus. Denn auch hier hatte der manichäische Theologe Aurelius Augustinus gelehrt, die Erbsünde werde unter den Menschen durch die sexuelle Begierde (concupiscentia) weitergegeben. Wer sich dieser Begierde enthalte, sei auch fern von der Sünde.

Eine derartige körper- und lebensfeindliche Lehre finden wir in keiner anderen Kultur der Welt. Denn hier wird ein natürliches Urbedürfnis der Menschen zur Sünde erklärt, die meisten Theologen verstehen bis heute nicht die Negativfolgen dieser abstrusen Lehre. Sie wurde von den Kleriker durch die Jahrhunderte weitergegeben, auch wenn die meisten Laienchristen sie nicht geglaubt haben dürften. Denn ständig klagten die Kleriker darüber, dass die Laien ihre heiligen Lehren gar nicht verstehen. Augustinus lehrte nämlich, bei den sexuellen Aktivitäten der Menschen außerhalb der geheiligten Ehe sei immer der Teufel im Spiel; oder böse Dämonen würden von den Menschenseelen Besitz ergreifen.

Mit dieser Dämonisierung der Sexualität konnte keine erotische Kultur entstehen. Kritische Psychologen vermuten heute, dass diese körperfeindliche Einstellung der Theologen und vieler Christen zu der hohen Aggressivität der christlichen Länder gegen fremde Kulturen geführt habe. Denn die Bischöfe und Theologen lehrten, dass alle Völker der Erde die christliche Lehre annehmen müssten und dass die erotischen Kulte der Afrikaner und der Völker Südamerikas ja »Teufelskulte« seien, die ausgelöscht werden mussten. Ab dem 15. Jh. verordneten zwei Päpste (Martin V. und Nikolaus V.), dass alle Länder der Erde den Christen gehörten und dass diese daher die Afrikaner als Sklaven nehmen dürften.

Doch die hohe Aggressivität des körperfeindlichen Christentums kehrte sich auch gegen die christlichen Völker selber. Denn sie führten ab dem 15. Jh. große Religionskriege unter einander, Katholiken gegen Protestanten; im 30-jährigen Krieg wurde die christliche Bevölkerung in Europa erheblich reduziert. Und in den beiden Weltkriegen im 20. Jh. haben die christlichen Völker Europas gegen einander gekämpft und fast 80 Millionen Tote hinterlassen. Für kritische Psychologen liegt im lustfeindlichen Christentum ein stark destruktiver Zug, aber auch ein ständiger Impuls zur Selbstschädigung. Denn wenn viele Menschen keine innere Erlaubnis haben, ihre Sinnlichkeit und Erotik zu genießen, streben sie nach dem Krieg gegen andere und nach der Zerstörung. Eine erotische Kultur aber braucht den Frieden, die Verständigung und das Mitgefühl.

Doch bereits im Mittelalter haben Dichter und Sänger diese Körperfeindlichkeit der Theologen und die Dämonisierung der Sexualität nicht mehr mitvollzogen. So sangen die Troubadours und die Minnesänger an den Höfen der Fürsten von der Schönheit des weiblichen Körpers, von der Sehnsucht nach Erotik und Liebe, von Hingabe und Begeisterung. Walther von der Vogelweide beschrieb das Liebesleben der Bauern und der Hirten, aber auch der Adeligen auf den Feldern und Wiesen, zumeist im Schutz der Dunkelheit (Taglieder). Und Ulrich von Lichtenstein sang bereits im 13. Jh. von der Schönheit der homosexuellen Liebe zwischen den Männern. Und an den Fürstenhöfen in Italien erinnerten sich die Dichter und Sänger wieder der antiken Kultur, die stark von Erotik und Sexualität geprägt war.

Der Dichter Dante Alighieri besang im 13. Jh. eine neue Lebensform (vita nova), und er beschrieb in seinem Werk »Il paradiso« die Gestalt der wunderschönen Frau Beatrice, welche beide Geschlechter in die himmlischen Gefilde emporführte. Francesco Petrarca beschrieb im 14. Jh. die Schönheit des sinnlichen Lebens für beide Geschlechter. Der Maler Sandro Botticelli malte im Jahr 1483 zum ersten Mal seit der Zeit der Spätantike den nackten Körper einer Frau, nämlich die »Geburt der Venus«. Mit diesem Bild setzte zumindest für Adelige in Italien eine neue Sichtweise der Erotik ein, denn die Lehren der Kleriker wurden nicht mehr geglaubt. Noch Franz von Assisi hatte den Körper als »Bruder Esel« bezeichnet, den man schlagen müsse.

Diese asketische Denkweise wurde von den Vordenkern des Humanismus und der Renaissance entschieden abgelehnt. Diese Männer und Frauen wollten an den Fürstenhöfen in Italien wieder die sinnliche und erotische Kultur der römischen Antike entdecken und leben. Zu dieser Zeit wurden Texte des Werkes der »Liebeskunst« (Ars amatoria) von Publius Ovidius Naso wieder entdeckt und abgeschrieben. Die Kleriker verloren zumindest für den Adel und die Stadtbürger in Süd- und Mitteleuropa das Deutungsmonopol des Lebens.

Denn die Maler begannen nun an den Fürstenhöfen und in den Rathäusern der Städte, wieder das sinnliche Leben der antiken Götter und Göttinnen zu malen. Der Himmel wurde wieder mit Erotik aufgeladen, selbst in einigen Kirchen wurden die Engel wieder nackt gemalt (Lodi). Freilich die Mönche wie etwa Savonerola protestierten dagegen, aber ihre Lehre blieb in der Minderheit. Von da an setzte sich in der Malerei, in der Dichtkunst und in der Musik ein erotisches Lebensgefühl durch. Der jüdische Dichter Leone Ebreo schrieb zu dieser Zeit seine Dialoge über die sinnliche Liebe (Dialoghi d'amore), die auch unter den christlichen Adeligen weite Verbreitung fanden.

Die jüdische Kultur orientierte sich seit der Antike am »Hohen Lied der Liebe«, das an zwei großen Festzeiten (Pesach und Pfingsten) in den Synagogen gelesen wurde. Darin wird die erotische Liebe als das schönste Geschenk des Bundesgottes Jahwe an die Menschen gesehen und gelebt. Die Christen aber hatten dieses Hohe Lied der Liebe auch in ihrer Bibel, aber sie lasen in der Liturgie kaum daraus vor; sie verschwiegen es, oder sie legten es allegorisch aus, als Symbol für die göttliche Liebe zu den Menschen. Diese Auslegung unterscheidet die jüdische von der christlichen Kultur, die Juden schufen eine sehr sinnliche und erotische Lebensform, bei den Christen dominierte die Körperfeindlichkeit.

Doch die Reformatoren des Christentums, Martin Luther, Huldrych Zwingli, Jean Calvin und John Knox orientierten sich weiterhin an der Theologie des Manichäers Aurelius Augustinus. Sie hielten an der Lehre der Erbsünde und an der Abwertung des Körpers und der Sexualität fest. Sie beendeten zwar das Mönchtum und die Nonnenklöster, Mönche und Nonnen, aber auch die Prediger durften heiraten. Aber gelebte Sexualität war weiterhin nur innerhalb der gesegneten Ehe erlaubt. Auch für die Protestanten und evangelischen Christen war freie Sexualität außerhalb der Ehe Sünde und hatte mit dem Teufel zu tun. Erst mühsam haben sich einige Kirchen der Reformation von diesen Lehren des Augustinus verabschiedet. Damit konnten auch die Kirchen der Reformation keine erotische Lebenskultur aufbauen.

Erinnert werden muss aber auch in die destruktiven Seiten in den Lehren der Kleriker und der Mönche. Sie werteten die Frauen generell als Verführerinnen zur Unkeuschheit und zur Sünde ab, dies über 1.600 Jahre lang. Das führte im späten Mittelalter und in der frühen Neuzeit zur Verfolgung der sog. »Hexen« in ganz Europa. Den besonders schönen Frauen wurde von den Klerikern nachgesagt, dass sie in den Männern einen »Liebesrausch« auslösen und dass sie mit dem Teufel im Bunde seien. Zwei Mönche (Heinrich Institoris und Jacob Sprenger) schrieben im 15. Jh. das große Verfolgungsbuch gegen Frauen, den sog. »Hexenhammer«. Dieses Verfolgungsbuch war über 300 Jahre in Europa eingesetzt.

In der Verfolgung der Hexen und Ketzer (Inquisition) sind ca. 100.000 bis 200.000 Menschen auf Scheiterhaufen verbrannt worden, davon 80 % Frauen. Dies ist der traurige Höhepunkt der christlichen und asketischen Körperfeindlichkeit, Mönche und Kleriker gingen ohne Scham gegen ihre eigenen Mütter und Schwestern vor. Wir sehen in keiner anderen Weltkultur eine ähnliche Frauenfeindlichkeit der fanatischen Männer als im Christentum. Auch dies sollte nicht aus unserer Erinnerung gelöscht werden. Nun haben sic h die Kirchen der Reformation genauso an der Verfolgung der Hexen beteiligt wie die katholische Kirche; nicht nur in Europa, sondern auch in Amerika und Afrika.

Doch mit dem Humanismus und der Renaissance entstanden in Europa Inseln einer erotischen Lebenskultur, vor allem in den Städten und bei einigen Adelsfamilien. Den großen Umschwung in der Bewertung der Sexualität und der Erotik brachte erst die rationale Aufklärung, die bei antiken Denkmodellen ansetzte. Vor allem die Lehre von der »Natur« des Menschen und vom »Naturrecht« brachte eine völlig neue Sichtweise. Denn bereits die antiken Stoiker hatten gelehrt, dass die Menschen von ihrer Natur her (ek physei) gleichwertig seien, dass die Männer und die Frauen die gleiche Würde (dignitas) haben und dass Erotik und Sexualität ein Wesenszug der menschlichen Natur seien. Diese Natur könne nicht böse sein, denn sie wurde von Gott als moralisch gut und wertvoll geschaffen.

Zusammenfassend kann gesagt werden, dass das offizielle Christentum der Theologen und der Bischöfe wenig zu einer erotischen Lebenskultur beigetragen hat. Denn es haben sich schon sehr früh die körperfeindlichen und asketischen Gruppen mit ihren Lehren durchgesetzt, welche die menschliche Sexualität als Ort der Sünde sahen. Trotzdem muss gesagt werden, dass viele Laienchristen nicht nach diesen asketischen Lehren gelebt haben, ja dass sie diese gar nicht kannten. Die Theologen haben bei der Eheschließung die Zustimmung (consensus) beider Partner gefordert, und sie haben die subjektive Gewissensbildung (conscientia) gefördert. Aber sie haben alle Männer und Frauen, die außerhalb der Ehe ihre Sexualität gelebt haben, zu Sündern erklärt und ihnen die ewige Höllenstrafe angedroht; und sie haben ebenfalls die weibliche und die männliche Form der Homosexualität verurteilt.

Kritische Psychologen (Margarete Mitscherlich, Tilman Moser) raten daher den Kirchen und der gesamten Theologie, so etwas wie »Trauerarbeit« für ihre abstrusen Lehren zu leisten und auch Schuld aufzuarbeiten. Denn sie haben Millionen Menschen mit diesen Lehren in ihrer Persönlichkeitsentwicklung schwer geschädigt. Die jüngeren Zeitgenossen reagieren in dieser Situation mehrheitlich so auf die Lehren der christlichen Kirchen, dass sie sich von ihnen abwenden. Freilich übersehen sie dabei, dass in den christlichen Kirchen soziale Moralwerte gespeichert sind und gelebt werden, die für das friedvolle Zusammenleben der Menschen von Bedeutung bleiben. Und es gibt starke Gruppen und Bewegungen, die bewusst ein erotisches und sinnliches Christentum leben wollen.

EROTISCHE KULTUR IN EUROPA

In den antiken Städten des griechischen und des römisches Reiches wurde eine sinnliche und erotische Kultur gelebt, wie wir aus verschiedenen Zeugnissen wissen. Diese Kultur wurde dann durch die christliche Reichsreligion und durch die Völkerwanderung weitgehend zugedeckt und verunmöglicht. Doch die Spuren dieser lebensfreudigen Kultur wurden in der Zeit des Humanismus und der Renaissance in manchen Städten Italiens wieder entdeckt und verbreitet. Die Verbreitung geschah an unterschiedlichen Regionen und mit verschiedenen Geschwindigkeiten. Und es gab flächendeckend die Widerstände der Theologen und der Kleriker. Doch es war die kritische Philosophie, die sich seit dem 16. Jh. schrittweise aus den Vorgaben der Theologen und der Kirchenleitungen befreien konnten. Ihr stärkstes Argument war der Bezug auf die menschliche Natur, die höher stehen sollte als jede göttliche Offenbarung.

Dies zeigte sich im Jahr 1534 in der Frage der Ehescheidung des englischen Königs Heinrich VIII. von seiner Ehefrau Isabella von Kastillien, der Tante von Kaiser Karl V. Der Papst und die Theologen in Rom bestanden darauf, dass diese Scheidung nach göttlichem Recht nicht möglich sei. Doch die englischen Philosophen und Theologen lehrten mit Mehrheit, nach dem Naturrecht sei diese Scheidung sehr wohl möglich. Und sie stellten sich hinter ihren König und die Scheidung wurde vollzogen.

Damit spaltete sich die Kirche von England von der römischen Kirche und dem Papst ab.

Hier standen also das Naturrecht und die Einsichten der Vernunft höher als alle göttlichen Offenbarungen der Theologen. Dies ist der Denkansatz der gesamten europäischen Aufklärung.

Die Mehrheit der Philosophen und einige Theologen folgten diesem Denkansatz mit starker Überzeugung, sie wollten die Philosophie nicht mehr den Vorgaben der Theologie unterwerfen. Das hatte auch Folgen für die Morallehre und praktische Philosophie. Alles, was der menschlichen Natur entsprach, sollte auch als moralisch gut und erlaubt angesehen werden. Aber alles, was gegen die menschliche Natur gerichtet war, galt als böse und als unerlaubt. Daher konnte die Entfaltung der Sexualität nicht moralisch böse sein, außer es wird dabei gegen andere Grundregeln der Moral verstoßen. Diese Denker erinnerten sich an die Lehren der Dichter Dante Alighieri und Francesco Petrarca, welche die Schönheit des menschlichen Körpers besungen haben. Sie folgten vor allem dern Lehren der antiken Stoiker, welche den Frauen den gleichen Wert wie den Männern zusprachen.

Wertvolle Impulse kamen aus Italien, der Philosoph Pico de Mirandola sprach von der Würde (dignitas) jedes Menschen, der Männer und der Frauen, der Freien und der Unfreien; diese Würde dürfte beim erotischen Liebesspiel nicht verletzt werden. Der Dichter Leone Ebreo besang die Schönheit des Liebesspiels zwischen den Frauen und den Männern; so wie er es aus dem Hohen Lied der Liebe kannte. Erasmus von Ritterdam lehrte, dass die Frauen in der Gesellschaft die Hüterinnen der Menschlichkeit seien. Und Thomas Morus beschrieb ein utopisches Land (Utopia), in dem sich die Männer und die Frauen nach den Phasen des Mondes paaren sollten. An den Fürstenhöfen und in den Städten wurden wieder erotische Bilder gemalt, welche die Frauen und die Männer zum freien Liebesspiel einladen sollten.

Die Philosophen der frühen Aufklärung akzeptierten nicht mehr die Morallehren der Kleriker, sie folgten den Einsichten der natürlichen und der kritischen Vernunft. Für die Freidenker und die Freimaurer waren die Bischöfe und die Theologen keine moralische Instanz mehr. Vor allem wurde die Lehre von einer »Erbsünde« als völlig unsinnig angesehen. Der Franzose Jean Jacques Rousseau nannte diese Lehre eine Beleidigung der menschlichen Natur. Denn jedes Kind sei von der Natur aus gut und zum moralisch guten Leben fähig. Menschen werden zu Übeltätern durch böse Vorbilder oder in Notsituationen, wo sie zu stehlen und zu rauben beginnen, um überleben zu können. Es sei völlig unverantwortlich, diese Lehre von der Erbsünde noch weiter zu geben. Der Philosoph beschrieb die Gestalt der neuen Heloise (La nouvelle Heliose), der selbstbewussten Frau, die den Philosophen Petrus Abaelardus liebte. Alle Menschen haben das Recht auf freie Liebe, das ihnen von den Klerikern nicht vorenthalten werden darf.

Der Philosoph schrieb auch einen neuen Roman über die richtige Erziehung (Emile), darin sollten alle natürlichen Fähigkeiten der Kinder gefördert werden. Sie sollten das freie und autonome Denken lernen und ihr Leben selbstständig gestalten. In dieser Richtung argumentierte auch der Philosoph Francois Voltaire, der das Recht auf freie Liebe betonte und der dieses Recht auch lebte. Die erotische Liebe sei an keine Gesetze der Ehe gebunden, alle Menschen sollten lernen, sinnliche Lust zu erleben. Die Frauen müssten die gleichen Rechte und Pflichten wie die Männer bekommen. Doch als die adelige Autorin Olympe de Gouches im Jahr 1792 in einer Schrift diese politischen Rechte der Frauen öffentlich einforderte, wurde sie von den Männern der Revolution (Robespierre) zum Tod verurteil und am gleichen Tag wie die Königin Marie Antoinette öffentlich geköpft.

Die Revolutionäre von 1789 folgten nicht den Vorgaben der kritischen Philosophen, denn sie erklärten die allgemeinen Bürgerrechte nur für die Männer mit Besitz; das waren weniger als 20 % der Bevölkerung. Denn die Frauen, die Kinder, die Sklaven und die Geisteskranken waren von diesen Bürgerrechten ausgeschlossen. Von allgemeinen Menschenrechten kann in der Französischen Revolution keine Rede sein. Doch aufgeklärte Philosophen und Philosophinnen führten nach der Revolution den Kampf um die Rechte der Frauen weiter. Es gab heftigen Widerstand, auch von aufgeklärten Männern. In Frankreich erhielten die Frauen das allgemeine Wahlrecht erst im Jahr 1944, nach dem Abzug der deutschen Truppen aus Paris.

Doch die Revolutionäre waren keine Humanisten, dies aber waren unter den Philosophen der aufgeklärten Vernunft zu finden. So engagierte sich Herbert von Cherbury für faire und ausgewogene Beziehungen zwischen den Geschlechtern, die Frauen sollen Zugang zu allen Formen der Bildung bekommen. Die Freidenker erinnerten wieder an das Streben aller Menschen nach der sinnlichen Lust, sie gehört zur Entfaltung des natürlichen Lebens. Die schottischen Moralphilosophen Francis Hutcheson und Samuel Clarke betonten die soziale und die moralische Verantwortung der Geschlechter für einander; jeder Mensch habe einen Eigenwert, kein Erdenbürger sollte von anderen als Mittel zum Erreichen bestimmter Zwecke benutzt werden. Die Frauen sind den Männern gleichwertig, sie haben in der bürgerlichen Ehe nicht nur Dienerfunktion.

Der Philosoph Pierre Bayle kritisierte die Lehren der Theologen über die Erbsünde und die Verdorbenheit der menschlichen Natur. Ein neues Menschenbild müsse diese Lehren ersetzen, beide Geschlechter müssen Freude an Sinnlichkeit und Erotik gewinnen. Alle Menschen haben das natürliche Recht, nach der sinnlichen Lust zu streben, ein positives Körpergefühl müsse entwickelt werden. Die Menschen seien nicht in der Welt, um viel an Leiden zu ertragen, sondern um sich des Lebens zu freuen. Auch Johann Wolfgang von Goethe schrieb, dass uns das ewig Weibliche hinaufziehe auf höhere Ebenen der Moral und der Erkenntnis; beide Geschlechter werden in der erotischen Liebe verwandelt (Zahme Xenien). Der Philosoph Arthur Schopenhauer betonte das Mitgefühl, das alle Menschen für einander entwickeln müssen; dieses Mitgefühl müsse auch unsere Liebesbeziehungen bestimmen.

Vor allem die romantischen Dichter im 19. Jh. träumten von der Schönheit der sinnlichen Liebe, welche beide Geschlechter in höhere Sphären entrückt. Sie waren überzeugt, dass die Menschen in der sinnlichen Liebe wieder an das Heilige und Göttliche rühren. Viele Maler dieser Zeit drückten diese spirituelle und religiöse Verbundenheit der Liebenden aus. Frauen und Männer kämpften gemeinsam um mehr Rechte für die Frauen im alltäglichen Leben. Der jüdische Dichter Heinrich Heine schrieb, wir Männer müssten den Frauen neue Kleider anziehen, um die alten Abwertungen der Theologen auslöschen zu können. Beide Geschlechter können wieder fasziniert sein von der Schönheit des weiblichen und des männlichen Körpers. Sie können einander in himmlische und göttliche Sphären erheben.

Im 19. Jh. entstanden in Europa viele Reformbewegungen, die um einen neuen Lebensstil rangen. Zu ihnen gehörten Künstler, Maler, Musiker, Dichter, Philosophen, auch Mediziner, sie experimentierten alternative Lebensformen. Sie erlebten die Freude an der Nacktheit, die Nähe zur Natur, das gesunde Leben, die innere Dynamik der Liebe. Es entstanden Gruppen der »Freikörperkultur« (naturalism), die in den Sommermonaten nackt badeten und Sport betrieben. Sie wollten mit den alten Kleidern auch die herkömmlichen Lehren über die Sündhaftigkeit des Menschen abstreifen. Bildhauer wie Auguste Rodin oder Maler wie Auguste Renoir und Paul Sezanne zeigten die Wunder des menschlichen Körpers in seiner ursprünglichen Schönheit.

Zu dieser Zeit wurden unter den Gebildeten auch die Lehren von Charles Darwin immer mehr rezipiert, sie öffneten den Forschern die Augen für die Sexualität der höher entwickelten Tiere. Diese studierten das Liebeswerben und das Paarungsverhalten vieler Tiere, sie zogen daraus Schlüsse für das menschliche Liebesleben. Die Künstler des »Jugendstils« (Gustav Klimt, Egon Schiele) überhöhten die menschliche Liebe mit ihren Traumgestalten, die Maler wie Pablo Picasso oder Marc Chagall trugen zu ihrer Zeit wesentlich zur Verbreitung einer erotischen Lebenskultur bei. Denn ihre Bilder wurden millionenfach vervielfältigt, sie prägten die Fantasiewelt junger Menschen. Auch hier waren es viele Dichter und Musiker, welche das sinnliche Begehren beider Geschlechter weckten.

Zu den Romantikern der sinnlichen Liebe zählten Nikolaus Lenau und Friedrich Schlegel, dieser beschrieb in seinem Roman »Lucinde« die Höhepunkte der sinnlichen Lust in beiden Geschlechtern.

Theodor Fontane kritisierte in seinem Roman »Effi Briest« die repressive Sexualmoral der lutherischen Kirche und der bürgerlichen Gesellschaft. Frank Wedekind zeigte mit seinem Werk »Frühlingserwachen« die Entfaltung des sinnlichen Begehrens bei jungen Menschen mit allen Möglichkeiten des Scheiterns. Vor allem der Engländer William Blake verband das sinnliche und erotische Erleben mit einer tiefen Mystik der Natur und des Kosmos. Beim Liebesspiel fließen kosmische Energien zwischen den Liebenden, beide erleben himmlische und göttliche Qualitäten.

Die englische Dichterin Jane Austen zeichnete in ihren Werken die Lebensgeschichten von Frauen und ihr sinnliches Erleben nach. Sie motivierte die Frauen (Emma Fanny Price, Elisabeth Bennet) zu mehr Selbstständigkeit und erotischer Selbstverwirklichung. Sie drückte die Überzeugung aus, dass gebildete Frauen erotische Sinnlichkeit mit rationalem Wissen gut verbinden können. Auch George Lord Byron machte sich für die Gleichwertigkeit der Geschlechter in der Liebe stark, was in der aristokratischen Gesellschaft frühzeitig akzeptiert wurde. Die Dichterin Mary Shelly suchte in ihrem Roman »Frankenstein« die Autonomie der Menschen zu stärken, weil sie den Göttern nicht nur das Feuer, sondern auch die Erotik gestohlen haben. Auch Christian

Andersen und Henrik Ibsen wollten die Emanzipation der Frauen unterstützen, damit sie gleichwertige Liebespartnerinnen werden können.

Auch die Dichter Arnold Strindberg, Oscar Wilde oder Alessandro Manzoni wollten durch ihre Werke eine erotische Lebenskultur unterstützen, Der Franzose Honore Balzac beschrieb die Gefühlswelt der Freudenmädchen und der Kurtisanen in der bürgerlichen Gesellschaft, damit trug er zur Humanisierung der Prostitution in Europa bei. Charles Baudelaire beschrieb den hedonistischen Lebensstil vieler zu Geld gekommener Bürger der Oberschicht, die ohne Mitgefühl mit den Frauen das eigene Vergnügen suchten.

Auch Gustave Flaubert oder Emile Zola machten auf emotionale Defizite in der Kultur des erotischen Vergnügens aufmerksam; und Paul Verlaine beschrieb die Sehnsucht vieler Frauen und Männer nach Freiheit und Ekstase. In diese Richtung dachte auch Arthur Rimbaud (Les illuminations), der um die Tiefendimensionen der menschlichen Seele wusste. Die Maler Edouard Manet und Paul Gaughin drückten in ihren Bildern die Sehnsucht nach dem Einfachen und Natürlichen aus, die Körper bekamen eine seelische Tiefendimension. Zu dieser Zeit begannen viele Psychologen, sich für das Seelenleben der Liebenden zu interessieren. Sie erkannten, welchen Stellenwert Sexualität und Erotik für das menschliche Leben haben.

Besonders Sigmund Freud hat auf die Urkraft der sinnlichen Libido aufmerksam gemacht, auch wenn er dabei Vieles falsch eingeschätzt hat. Besonders die weibliche Sexualität hat er aus männlicher und patriarchaler Sicht völlig falsch beschrieben, wie ihm seine Tochter Anna Freud posthum zeigte. Aber er hat den Anstoß gegeben, die Urkräfte der männlichen und der weiblichen Sexualität im Seelenleben besser als bisher zu erforschen. Allein mit seinen Fragestellungen hat er zur Verbreitung einer erotischen Lebenskultur beigetragen. Seine Studien wurden später von Erich Fromm oder von Abraham Maslow weitergeführt und präzisiert. Damit hat die westliche Psychologie im 20. Jh. viel zur Gestaltung einer erotischen Lebenskultur beigetragen. Die Psychologinnen überließen die Deutung der weiblichen Sexualität nicht länger den Männern.

So können wir sagen, dass im 19. und im 20. Jh. in Teilen der Gesellschaft eine sehr sinnliche und erotische Lebensform gefunden und gelebt werden konnte. Das gilt aber nicht für die großen Ideologien dieser Zeit, den Nationalismus, den Imperialismus und den Kommunismus, die primär an der politischen Herrschaft interessiert waren. Erst nach 1960 konnte unter der jungen Generation eine »sexuelle Revolution« entstehen, die sich von den Lehren und Lebensformen der älteren Generation unterscheiden wollte. Doch diese Bewegung war weit von einer erotischen Kultur entfernt, denn die Frauen wurden von den Männern abgewertet und in den Kommunen als Dienerinnen der Lust gehalten. Es gelang gewiss noch nicht auf breiter Ebene, das erotische Erleben mit der Welt der Gefühle zu verbinden. Erst in den letzten drei oder vier Jahrzehnten ist in der westlichen Welt in Teilbereichen der Gesellschaft eine erotische Lebenskultur entstanden und weiterhin in Entwicklung. Auf sie soll nun näher eingegangen werden.

EROTISCHE SPIRITUALITÄT HEUTE

Eine erotische Kultur wird beschrieben als das kreative Zusammenspiel von körperlichem Erleben, von emotionaler Verarbeitung und von geistiger und spiritueller Orientierung. Spiritualität meint hier eine bestimmte Geisteshaltung (spiritus=Geist) und Bewertung des Lebens, eine Grundeinstellung zum Dasein, die aber ständig in Entwicklung ist. Diese Grundeinstellung wird heute sehr stark geprägt von Psychologen und Therapeuten, von Künstlern und Dichtern, von Philosophen und Mystikern. Hier sollen einige gewichtige Texte von Dichtern ausgewählt werden, die als Bausteine einer erotischen Lebenskultur gelten können. Die meisten Texte stammen von Autoren des 20. Jh.

Begonnen wird mit Texten der jüdischen Dichterin Else Lasker-Schüler, die 1869 in Elberfeld geboren wurde, dann in Berlin lebte, 1933 emigrieren musste und 1945 in Jerusalem starb. Sie kannte das Hohe Lied der Liebe im Tanach und nahm in ihren Dichtungen ständig darauf Bezug. So schrieb sie Gedichte über biblische Frauengestalten und ihre Liebe, über Abigail und Ruth, über Schulamit und Esther. Für sie ist der Gott Zebaoth ein junger Mann im Paradieskleid, sein Duft macht sie liebestrunken, für ihn öffnet sie die Blüte ihrer Seele. Sie weiß, in der Liebe werden alle Erwachsenen große Kinder, sie küssen sich und versöhnen sich in der Nacht; ihre Herzen und Körper ermüden einander. Die Dichterin blickt auf die beiden Frauen Hagar und Rebekka, sie will deren Liebessehnsucht spüren; dabei schaut sie auf die jungen Männer David und Jonathan, vor allem auf Salomon, den Meister der Erotik. Sie schaut auf Ruth, die ihren Geliebten erwartet, in ihrer Seele weckte sie seine zärtlichen Blicke.

Sie weiß, an den Brunnen ihrer Heimat wacht ein Engel, der immer das Lied der erotischen Liebe singt. Sie schaut auf die Tänzerin Schulamith, welche die Schönheit ihres Körpers zeigt; auf ihrer Haut brennen immer die Flügel des Engels Gabriel, der ständig die Sehnsucht nach der Liebe wachhält. Die Dichterin blickt in den Weltraum und auf den göttlichen Welterschaffer, sie staunt über die Schönheit des Sternenhimmels; in ihrem Körper rauscht das Blut, wie ein heimlicher Brunnen; es ruft nach Liebe und Sternenbrennen; aus ihr bricht wilde Tanzmusik hervor, der Teufel holt sich ihr Missgeschick; ihre Rosen fliegen nach allen Seiten, ihr Leben ist ein Liebeswirbel; so tanzt sie schon seit tausend Jahren. Dann bittet sie den geliebten Freund, er möge ihr nicht länger seine duftenden Gärten senden; auf ihrer Wange blüht rot die Scham, sie zittert in der Sommerluft und wartet auf die Kühle des Abends und auf die wilden Gärten der Nacht. Ihr Freund pflückte ihre Rosenblüte im Monat Mai, sein Blut plagte ihn; aber oft warf er ihre Rosen in den Rinnstein; er griff nach ihrem spielenden Herzen, und hing es an einen Dornenstrauch.

Die Seele der liebenden Frau schaut in die Hände eines Fremden; sie hat in der Nacht viel geweint, ihre Seele war ein dunkler Wald; an den Ästen der Bäume hingen ihre zitternden Herzen, es quält sie die Erinnerung. Das Herz des Geliebten ist hell wie die Nacht, das Mondlicht vergoldet die Körper der Liebenden; das Licht scheint von weit zu sein; beide Seelen und Körper beginnen zu blühen; über ihnen bleiben alle Sterne stehen; wir tragen einander pochende Herzen zu, wie ein heimlicher Brunnen murmelt unser Blut; das Licht der Sterne vergoldet das rastlose Blut; Vielfältig erblüht neue Liebe aus unseren Liebkosungen. Wo wird der Tod unser Herz lassen? Liebende senden einander Sterne zu, ihre Seelen und Körper beginnen zu tanzen.

Küsse überströmen den Körper der geliebten Frau, sie vergisst ihr eigenes Selbstbild; ihr Herz geht langsam unter; aber sie weiß nicht, wo. Vielleicht in der Hand des Geliebten? Der Traum entführt die Liebenden in ihre Duftgärten und zu ihren Balsambeeten. Über ihnen taumelt der Mond, ihre Träume fliegen über dunkle Hecken, sie wissen sich wie schlafwandelnde Kinder; Sie träumen von Rauschedüften, und sie spüren das sich schlängelnde Gerieselauf ihrer Haut; wie wilde Schlagen; immer hören sie auf das Rauschen ihres Blutes; sie spüren schmerzlich ihre Lust, ihre Küsse dunkeln auf der Haut des Geliebten; denn immer befürchten die Liebenden das Ende ihres Sternentanzes; Die allein gelassene Frau schreit nach Liebe, aber ihr Himmel verdunkelt sich; wo soll sie nun hin mit ihrem liebenden Herzen? Irgendwann fällt der letzte Stern, es kommt der letzte Abend; dann bleibt nur das stille Lied der Erinnerung. Irgendwann kommt der letzte Liebespartner, der nimmt sich alle Sterne; ihr bleibt aber das helle Schlafen und das dunkle Wachen.

So singt die Dichterin viele Lieder an reale und an imaginäre Liebespartner, an Dichter und Maler ihrer Zeit; denn die Sprache der Liebe überspringt die empirischen Grenzen. Denn ein buntes Herz ist immer hellwach, es sehnt sich nach dem geliebten Du und will Worte der Liebkosung hören; es schaut Gesichter und vergoldet sie; es hört Stimmen und Lieder, die von weit her kommen. Dazwischen erlebt sie die große Trauer, denn viele ihrer Freunde hat sie im großen Krieg von 1914 verloren; Die Seelen der Toten sind für sie wie Engel über den Wolken. Wenn Liebende sich ansehen, betreten sie eine andere Welt, ihre bebenden Körper werden von Gold umrahmt; Aber sie denken immer an das Sterben, an den Chor der weinenden Engel; Auch der blaue Reiter ist im Krieg geblieben, immer gibt es Trauer und Abschied.

Die liebende Frau sieht einen großen Engel, der am linken Flügel schwer verletzt ist; es ist ein Weinen in die Welt gekommen. Doch sie ist immer vor dem Rauschen ihres Herzens gelegen, sie hat sich müde gewacht, aber ihre Seele ist voll mit Heimweh; viele Herzen haben zu blühen begonnen, sie hat viel an Liebe in die Welt gebracht. Sie hat immer Gott gesucht und viele seiner Engel gesehen; wo wird ihre Heimat sein? Wir erkennen in diesen Texten der Dichterin die Bildersprache der jüdischen Literatur, vor allem das Hohe Lied der Liebe des Königs Salomon.

Auch der jüdische Dichter Paul Celan, der aus Czernowitz in der Bukowina stammte, kannte diese Buildersprache. Er hat die Schrecken des Zweiten Weltkriegs und ein Sammellager überlebt; er kann diese schrecklichen Erlebnisse nie mehr aus seiner Erinnerung löschen. Nur in Sprachfetzen kann er über diese Ereignisse schreiben, doch es bleibt die tiefe Sehnsucht nach der erotischen Liebe. Auch er weiß um die Pfeile des Gottes Amor, die jeden Menschen treffen können. Aber er spricht von schwarzer Milch, die Kinder getrunken haben; immer hörte er die Fugen des Todes in der Luft; Doch die Liebenden stehen trotzdem in der Nacht; sie stehen beisammen und werden Freunde; sie schälen die Zeit aus den Nüssen und sagen einander Wahres; die Hand des Mannes gleitet hinab zum Geschlecht der Geliebten, sie sehen sich an und sagen sich Dunkles; sie lieben sich wie Mohn und Gedächtnis; sie vereinigen sich wie Wein in den Muscheln; sie erleben das Meer im Blutstrahl des Mondes; sie stehen umschlungen am Fenster; die Menschen auf der Straße sollen ihre Liebe sehen; sie sollen sehen, dass es Zeit ist, dass ein Stern zu blühen beginnt; es ist Zeit für die Liebe.

Die Liebenden wissen um das Pendel ihrer Liebe, das nachts zu schlagen beginnt; zwischen dem Immer und dem Nie; Worte stoßen zu den Herzen; gewitterhafte Augen reichen der Erde den Himmel; sie kommen aus traumschwarzen Hainen; immer weht um sie das Versäumte. Was sich nun senkt und hebt in den Herzen; das zuinnerst Vergrabene; küsst die Zeit auf den Mund; Liebende sind glücklich, denn die weißeste Taube flog auf; im leisen Fenster schwankt die Tür; der stille Baum tritt in die stille Stube; die Liebenden sind einander nahe, sie schälen sich aus der Hand die große Blume; wo sie nie war, dort wird sie immer bleiben. Schweigenden Leibes standen die Liebenden unter den Sternen; zwischen ihnen brach sich ein Lichtstrahl; der leuchtet; oder brachen andere den Stab über sie?

Die Liebenden kommen aus dem Meer, denn sie haben begangen das Eine und Leise; sie schossen hinab in die Tiefe, wo der Schaum der Ewigkeit gesponnen wird; sie hatten die Hände nicht frei; diese blieben verflochten zu Netzen; aber andere rissen an ihnen; sie fingen den

Schattenfisch in der Tiefe. Der uns die Stunden zählt; er zählt immer weiter; was mag er nur zählen? nicht kühler wird es, nicht nächtlicher; nicht feuchter; was uns lauschen half, das lauscht nun für sich weiter. Immer bleibt uns die Erinnerung an den Tod und die Liebe; die Augen voller Zuversicht, aber die Träume bleiben unsere Begleiter. Wir sind nahe und in einander verkrallt; sind wir von Gott umgriffen? Wir gehen zur Tränke, das vergossene Blut glänzt in den Augen; unsere Arme und der Mund stehen offen; wir haben getrunken das Blut und das Bild, das im Blut war; wir sind einander nahe.

Diese Texte stammen von einem Autor, der als Kind massenhaft den Tod gesehen hat, dessen Sehnsucht nach Liebe aber trotzdem wach blieb. Als er die Schrecken der Erinnerung nicht mehr aushielt, nahm er sich selbst das Leben.

Eine Meisterin der erotischen Lyrik war die jüdische Dichterin Getrud Kolmar, die 1894 in Berlin geboren wurde und 1943 in einem Konzentrationslager getötet wurde. Auch sie hat im Hintergrund das Hohe Lied der Liebe aus dem Tanach und sie verarbeitet dessen Bilderwelt in der modernen Zeit. In einem Text beschreibt sie das Liebesspiel mit einem Mann, von dem sie ihr erstes Kind empfing. Sie erlebte salzige Wasser in Zisternen, Elmsfeuer funkelten aus den Hoflaternen, die Nacht trug den Korallenring; sie hörte wilde Schwäne im Traumschiff singen, mit ihrer Liebeskraft umspülte sie den Körper des Mannes; sie sang und warb und schäumte über ihm; alle Winde küssten ihre Augenlider, alle Flüsse mündeten in ihr; denn in ihrem weiblichen Körper begann nun, neues Leben zu wachsen. Sie sehnt sich weiterhin nach der körperlichen Liebe, aber sie bleibt stumm und wagt keinen Schrei.

Die liebende Frau träumt davon, den Mann stumm zwischen den Augen zu küssen; sie will einen roten Falter auf seine Nase setzen; sie will die Krokushände eines Kindes mit dem Tau des blauen Kruges netzen; Dieses Spiel ist für sie die Erde mit den tiefsten Schätzen, es ist der Himmel mit dem höchsten Rund; aber es wäre für sie die Hölle, wenn sie dieses Spiel nie mehr fände; Die liebende Frau hat ihre Fenster im Dunkeln aufgetan, sie hat ihre Seele weit geöffnet; sie sehnt sich nach der Liebe, denn sie hat den Morgen und den Abend nicht gesehen; sie ging durch das Zimmer, doch ihr Wesen stand still; sie rief die Nacht und den geliebten Mann; stumm klagt sie nach ihm; sie sehnt sich nach der Vereinigung, doch sie wagt keinen Schrei.

Sie sehnt sich nach dem Geliebten, sie will ihn aus den Wassern wecken; sie will ihn von den Sternen holen; wie eine Hündin will sie ihn aus der Erde lecken; wie eine Wilde will sie in seine Früchte beißen; sie ruft nach dem Mann und will seinen Blütenstängel küssen; sie ging durch die Wälder und verriet den Vögeln den Namen des Geliebten; doch die Vögel blieben stumm, sie sangen ihr kein Amen, wenn sie weinte. Jetzt muss sie im Finstern kauern und das Göttliche um sich versammeln; bis zum Morgen wird sie im Inneren mit dem Gotte ringen; Wann wird er seinen Segen sprechen?

Die Liebenden standen im Abendschatten, schmal und hoch, sie brachen Blumenzweige, vom Wind geküsst; die Sterne krochen über ihr Dach, um sie anzusehen; weiße Wolkenlämmer tanzten über ihnen; ihre nackten Körper leuchteten hell in der Dämmerung; leise wie ein Stückchen Tag sind sie in die Nacht und in das Gras gegangen, um sich unter den Sternen zu lieben; nur die Hasen schauten ihnen staunend zu. Die liebende Frau geht in ihren Träumen durch einen Wald, an den Bäumen hingen viele Herzen, sie waren rot und grün und kalt; sie rieselten und hingen an grünen Ästen; sie trugen ihre Sonnenlast und wollten laut erklingen; die suchende Frau pflückt eines dieser Herzen, das ihr reif erschien; sie hat mit einer Blume ihr Leben geschmückt.

Die liebende Frau ist wie eine Rose in der Nacht, sie glüht und ihre Haare kriechen groß; sie sind wie wilde Schlangen auf rotem Samt; sie wiegt sich im duftenden Verlangen, und ist doch bloß ein Herz; ein heißes und sanftes Herz; ihr Schoß öffnet sich für die Liebe, denn sie will den Himmel empfangen; sie wird ein Antlitz mit gemalten Wangen; wenn der Abend zum Meer hin fährt; doch ein Totenkauz im Düstern lacht und greint; da schlägt die Frau die Augen auf und will den Männertraum umfangen. Doch die Rose in der Nacht steht morgen schon welk im Krug, doch sie bleibt die dunkle Blume des Lebens; vor dem Bild der göttlichen Mutter erlebt die junge Frau die Schönheit ihrer Rosenblüte; sie denkt an das Bild des Rafaello Santi aus Italien, der die Weiblichkeit tief verstand.

Oft fühlt sich die liebende Frau wie Leda, die auf den Gott Zeus wartet. Ihr Fenster ist im Dunkeln aufgetan und ihre Seele ist empfangend; sie spürt den göttlichen Sternenkranz der Cherubim, und sie wartet auf den Schwan. Der Nachthauch weht über ihr Gewand und streichelt über Finger und Gesicht; sie ruft nach dem göttlichen Schwan, aber sie wagt keinen Schrei; denn sonst stürzen Neugier oder Zorn herbei; Wo ist der Teich, in dem die Rosen blühn? Wo ist die Tiefe, in der sich der Mond spiegelt? Der geliebte Mann trägt die

Sterne ihres Glücks; Wann wird er kommen und sich an sie schmiegen? Aber es kommt die Stunde, wo der Flaum seiner Männerbrust über ihre nackten Brüste streicht; dann wird die Liebe die beiden unter ihre Flügel nehmen; doch viel zu oft wartet die liebende Frau vergeblich auf den göttlichen Schwan.

Eine andere Sprache der Liebe schrieb der soanische Dichter Alexandre Vincente, der im Jahr 1900 in Sevilla geboren wurde und 1980 verstarb. Er denkt und schreibt in der maurischen Tradition der Liebeslyrik. Mit den Augen des liebenden Mannes besingt der Dichter die Schönheit des weiblichen Körpers; Dieser weiche Körper fließt unter seinen Händen wie Wasser dahin; im Gesicht der liebenden Frau sieht er viele Vögel, sie fliegen dorthin, wo die Zeit stehen bleibt. Er ist geblendet von der Schönheit ihrer Formen, die wie Rubin in seinen Händen leuchtet; er sieht ihren dunklen Krater, der einlädt wie das rauschende Meer; er hört der Ruf ihrer Zähne; In der körperlichen Vereinigung mit ihr will er kurz sterben, er will im Feuer brennen und tiefe Lust atmen; er spürt in ihrem Körper eine Tiefe, die kommt und die geht; er ist geblendet von ihrem stillen Glanz; in ihren Händen sucht er Geborgenheit; er will ihre liebenden Augen sehen, das Rauschen ihres Blutes will er hören; er spricht von einer glühenden Lava und geht auf den Höhepunkt der Ekstase zu; er spürt den Fluss des Lebens wie ein wildes Meer, seine Finger spielen mit ihrem Haar; er spürt ein helles Licht und erlebt die tiefe Einheit der Welt.

Der liebende Mann nähert sich mit seinen Küssen der glühenden Stirn der Geliebten; mit dem Mund zeichnet er Flammenspuren auf ihre Haut; er spürt den Glanz ihres Körpers und hört den Strom ihres wilden Lebens; er trinkt aus ihrer Lebensquelle und erlebt ein verwandeltes Sternendasein; ein helles Licht leuchtet in sein Leben; doch er fürchtet die Trennung und die Einsamkeit; er will keine Welt ohne Liebe, seine Träume sollen nie erlöschen; So bittet er die Geliebte, bei ihm zu bleiben und ihm nahe zu sein; seine Lippen möchten an ihren Küssen verbrennen; sein Körper will sich vergolden; beim Küssen ahnen beide den Zusammenprall der Sterne und sie spüren die Urkraft des Kosmos; er schreit nach der Liebe, die ihn auf die Bahn der Planeten erhebt und die seine Einsamkeit vertreibt; und er denkt an den Tod, der sein liebendes Herz verwandeln wird.

Der Dichter ist trunken von der Schönheit des weiblichen Körpers, die wie ein Fluss an ihm vorüberzieht; er hört eine tiefe Melodie und sieht eine Sonne, die nie untergeht; er spürt die Glut der Erde und die Zärtlichkeit des Lebens; es entgleitet ihm die Welt unter seinen Füßen, alles an ihm ist Staunen; er sieht eine neue Welt und erlebt seine Nacktheit; sinnliche Begierde strömt durch seinen Körper; er ahnt ein geheimnisvolles Licht; die ganze Schöpfung zittert, ihr durchströmt tiefe Lust; die nie zur Erfüllung kommt; er will den nackten Körper seiner Geliebten sehen, er will die tiefe Melodie ihres Lebens erkunden; wenn er sie zu küssen beginnt, spürt er auf seinen Lippen die Vollendung der Sehnsucht; er ahnt die Fülle des Lebens in ihrer reinsten Form.

In vielen Gedichten besingt der maurische Dichter die Geheimnisse der menschlichen Liebe, von der es keine Sättigung geben kann. Er spricht in seinen Bildern von geheimnisvollen Vögeln und von strömenden Flüssen, von Fischen im Meer und von ferner Musik; die Liebenden umfangen einander im grünen Gras, im Schatten der Bäume und unter den blühenden Blumen; sie erleben eine fremde Melodie; sie lieben sich tief und innig; aber immer kommt die Zeit des Abschieds; ihre Körper triefen vom Tau des Abends; seine Hände gleiten zum Geschlecht der Geliebten, sie denken nicht an den Abschied; ihre Glieder umfangen einander, sie spüren den Duft der Ewigkeit; sie geben sich hin an diese zeitlose Melodie der Liebe; die Sonne ist verschwunden, aber der Mond beschützt sie beide.

Immer von Neuem besingt der Dichter die verwandelten Körper der Liebenden; er sieht sie nackt und ungeschützt in einem verwandelten Lichtschein; oft lieben sie sich in der freien Natur, dabei erleben sie den Strom der Zeit; sie spüren das pulsende Leben. Die Küsse des Mannes bedecken den Körper der geliebten Frau, sie hört immer wieder fremde Stimmen wie von ferne; dann öffnet er ihre Schenkel und sie vereinigen sich in tiefer Verbundenheit; die Liebe verwandelt ihr Leben, ihre Sehnsucht kommt nie zum Ziel; Beide ahnen eine Tiefe des Lebens, die sie nicht entziffern können; zwei Lebensgeschichten begegnen sich, aber sie bleiben einander voller Geheimnis. Liebende verlieren nie den Sinn ihres Daseins.

Aus Algerien stammte der französische Dichter Albert Camus, der 1913 in der Nähe von Casablanca geboren wurde. Er besuchte das französische Gymnasium und übersiedelte später nach Paris; dort ist er 1960 bei einem Autounfall ums Leben gekommen. In seinen Jugendschriften beschreibt er das Glück der sinnlichen Liebe, die er am Meer und im Sand entdeckt hatte. Es waren Mitschülerinnen, die ihn in die Geheimnisse der erotischen Liebe eingeführt haben. So liebt er die Sonne und seinen jugendlichen Körper, er ist begeistert von der wilden Schönheit der Frauen; er denkt an die Götter der Griechen, die den Menschen die Freuden der Lust geschenkt haben; er erlebt ein Übermaß an Glück und Lebensfreude; unbekleidet setzt er sich der Sonne und dem Wasser aus; er liebt den Duft der Frauen und ihre dunkle Haut, mit ihnen möchte er im Übermaß leben.

Er liebt die Weite des Meeres und die Unendlichkeit des Sands; er ist fasziniert von der Zärtlichkeit des Liebesspiels; er will begeistert und hingebungsvoll leben; so schreibt er in seinem Werk »Hochzeit in Tipasa«. Es sei das volle Glück des menschlichen Daseins, ohne Grenzen lieben zu dürfen. Doch er sieht frühzeitig die Ungerechtigkeit in seinem sozialen Umfeld; deswegen will er sich dafür einsetzen, dass weniger Kinder leiden müssen, dass alle genügend zum Essen haben. Alle Menschen haben ein Recht auf ein kleines Glück und auf die sinnliche Liebe. Dafür genügt das einfache Leben, Albert Camus lernte viel von der Philosophie der Epikuräer, über die er seine Dissertation geschrieben hatte. Denn die sinnliche Lust (hedone) sei die Triebkraft jedes Lebens, sie soll aber emotional vertieft und geistig überhöht werden.

Der jüdische Dichter Erich Fried wurde 1921 in Wien geboren, er musste 1938 nach England emigrieren und lebte bis zu seinem Tod in London. Auch er kannte die Bildersprache des Hohen Lieds, auch wenn er nicht mehr religiös denken und schreiben wollte. Für ihn muss der Liebende immer auch die Lebensgeschichte seiner Liebespartner bedenken, um ihn zu verstehen. Liebende verhalten sich oft völlig unvernünftig, Liebe sei nicht berechenbar. Es ist unvernünftig, sagt der Verstand; es ist wie es ist, sagt die Liebe. Es ist ein Unglück, sagt die Berechnung; es ist, wie es ist, ruft die Liebe.

Der Autor beschreibt eine Nachtfahrt im Zug zu seiner Geliebten; er fährt durch die Nebel des Morgens und hört schon ihre Stimme; er ist noch im Traum versunken und sieht schon ihre Gestalt; er träumt von der Vereinigung mit ihr und erlebt aufregende Gefühle; so ist unsere Fantasie dem wirklichen Erleben oft meilenweit voraus; an die Geliebte denken, das gibt der Fahrt des Lebens einen Sinn. Zuerst verliebt sich der Mann in den Glanz der Augen der Geliebten, dann in ihr Lachen und Tanzen; später verliebt er sich in ihr Weinen, in ihre Ängste und Klagen. Der Mann erlebt die Geliebte am Telefon, während er spricht, streicht er mit den Händen über ihre Brüste; seine Finger gleiten zu ihrer Lotosblüte; seine Stimme blüht auf.

Der verliebte Mann spricht seiner Geliebten viele Rollen zu; er nennt sie eine Nervensäge, aber er freut sich an ihrem Lachen; er sieht in ihr das Gegengewicht zu seinen Träumen, aber er liebt ihre Stimme; er spürt die Last ihrer Ängste, aber er springt mit ihr über die Berge. In der Liebe leben wir gegen die Vernunft, wie große Kinder mit suchenden Händen.

Viel gelesen wurde in der Zeit der »sexuellen Revolution« der 1960er Jahre und von den »Blumenkindern« der englische Dichter William Blake aus dem 19. Jh. sowie der Autor David Herbert Lawrence (gest. 1930). In seinen Werken »Der Regenbogen« und die »Gefiederte Schlange«, vor allem in »Lady Chatterlys Liebhaber« beschrieb er die erotische Liebeskunst beider Geschlechter in einer sehr bildreichen Sprache. Er beschreibt, wie der verliebte Mann den Körper seiner Geliebten mit Küssen übersät; seine rechte Hand tastet zu ihren weichen und warmen Schenkeln, seine Finger tasten sich vor zu ihrer Lebensquelle; sie ist hingerissen von der Flamme des Begehrens; Bald spürt sie seinen Liebesstängel in ihrem heißen Schoß; dabei vergehen ihr alle Sinne.

Sie spürte seinen »Zauberstab« in ihrem ganzen Körper und gab sich ganz ihrer Lust hin; sie öffnete ihren Schoß, um seine Stöße zu erwidern; beide waren ineinander verkrallt und spürten die tiefe Lust des Daseins; sie ließen sich von der Wonne der Liebe tragen. Aber beide spürten etwas Geheimnisvolles, das sie nicht ergründen konnten; sie rührten an eine höhere Dimension; die liebende Frau verging und wurde in der Liebe neu geboren; ihr weicher Körper schmiegte sich zärtlich an den harten Körper des Mannes, sein Zauberstab entglitt aus ihrer blühenden Rose; jetzt war er wieder klein und zerbrechlich; der vorher so mächtig war; sie sah die unerforschbare Gestalt des männlichen Körpers.

Kurz zuvor war sie unter dem Mann gelegen, sein Blütenstängel war stark und mächtig; er war schön und groß wie ein griechischer Gott; sie wollte ihn umfassen und anbeten. Jetzt war er wieder klein und verletzbar; sie spürte zärtliche Gefühle. Sie dachte an das Göttliche, das sich uns in der Liebe zeigt; es war das Größere und Stärkere, das Umfassende, das tiefe Geheimnis des Daseins; Sie war verzaubert von der wilden Kraft des männlichen Zauberstabs, in ihrem Körper spürte sie noch seinen wilden Tanz des Lebens; beide lagen eng umschlungen bei einander, er spürte weibliche Lebenskraft in seinen Gliedern. Dann schliefen beide ein und träumten wie zwei große Kinder.

Die Dichterin Aneis Nin beschrieb in ihrem Werk »Delta der Venus« das Liebesspiel der Geschlechter auf verschiedene Weise. In einer Szene kniete die verliebte

Frau vor dem nackten Körper des Mannes; ihre Finger streichelten die kräftigen Schenkel und berührten den großen Zauberstab; sie spürte, wie dieser immer größer wurde; dann tastete sie sich mit den Lippen zu seiner Spitze, ihre Zunge umkreiste die rote Eichel; der Mann stöhnte vor Lust, sie spürte in ihren Händen das volle Leben. Sie lag auf den Knien und bestaunte dieses Wunderwerk der Natur; auch sie dachte an den griechischen Gott Eros, der ihr nahe war; dann gab sie sich der körperlichen Vereinigung hin.

Die Autorin Emanuelle Arsan schrieb in ihrem Werk »Emanuelle« über die Wunder der sinnlichen Liebe, von der sie nicht genug bekommen konnte. Sie kniete vor dem Mann, den sie voll erregt hatte; sie sah seinen pulsenden Blütenstängel und kraulte mit den Fingern seine Goldkugeln; sie hörte sein Stöhnen und wartete auf den Höhepunkt seiner Lust; sie öffnete ihre Hände wie zur Kommunion in der Kirche. Da ergoss sich ein weißer Strahl aus seinem roten Stängel, sie fing ihn mit den Händen und mit ihrem Gesicht auf; das war tiefste Lust auch für sie, mit dem Finger führte sie den weißen Samen in ihren Mund; es schmeckte wie Eiweiß.

Oder sie beschrieb die andere Stellung beim Liebesspiel; sie lag mit geöffneten Schenkeln vor dem Mann, den sie liebte; er schob ihre Schenkel auseinander, sie zog ihre Beine an; sie streckte ihm ihren vollen Blütenkelch entgegen; der Mann tastete sich mit den Lippen zu ihren großen Blütenblättern; seine Zunge ertastete den festen Kitzler, sie umkreiste diesen von links nach rechts, von rechts nach links; dann schob er seine Zunge tief in ihre Lotosblüte hinein, sie spürte Schlangen auf ihren Rücken; sie gab sich voll den himmlischen Träumen hin. Dann gab sie ihm ein Zeichen, dass sie seinen Zauberstab spüren wollte; er schon ihn sanft in ihren Blütenkelch, er spürte ihre Blätter; dann begann er, wild darin zu tanzen, beide schwebten wie auf Wolken. Dann sanken sie müde in einander zusammen.

Die Dichterin Erika Jong beschrieb in ihrem Werk »Angst vor dem Fliegen« das sinnliche Liebespiel bei einem Nachtflug im Flugzeug. Ein Mann und eine Frau saßen auf dem Flug von Europa nach Japan neben einander; sie kannten sich nicht; der Mann las eine Zeitung, die Frau hatte ein Buch aufgeschlagen. Beide spürten das Vibrieren der Maschine und in beiden erwachte die Sehnsucht nach erotischer Liebe. Sie blickten sich nicht an, da legte die Frau ihre Hand auf den Schenkel des Mannes; dieser reagierte nicht, aber er ließ ihre Hand liegen; dann begann er, ihre Hand zu streicheln; sie erwiderte die Zärtlichkeit; sie öffnete die Armlehne und schob ihr Gesäß in seine Richtung; er streichelte ihre Schenkel und zog ihre Hose über ihr Gesäß; dann öffnete er seine Hose und sein Zauberstab glitt leise in den heißen Schoß der unbekannten Frau; sie liebten sich sanft und zart, hoch über den Wolken; niemand sollte aus dem Schlaf geweckt werden; nach einiger Zeit zog er sich wieder zurück und schloss seine Hose. Die Frau zog ihre Hose über ihr Gesäß, beide waren glücklich und müde; sie schliefen ein; sie kannten nicht ihre Namen. Beim Aussteigen winkten sie einander kurz zu, das war der Nachtflug nach Tokyo.

Ein Meister der erotischen Literatur war der Amerikaner Henry Miller, in seinem Werk »Stille Tage in Clichy« beschrieb er viele Liebesszenen in einer sehr realistischen Sprache. In einer Szene drängt die liebende Frau den Mann auf das Bett, er liegt auf dem Rücken vor ihr;

sie streichelt sein Geschlecht und spürt, wie sein Liebesstängel anwächst;sie küsst seine Goldkugeln und nimmt seinen Zauberstab in ihren Mund; sie spürt sein Pochen und Vibrieren; doch der Mann gleitet mit seinen Fingern in die Rosenblüte der Frau, die vor ihm kniet; er spürt, wie ihre Lippen anwachsen und schwellen. Dann besteigt die Frau den Liebesstängel des Mannes, sie nimmt ihn tief in ihrer Blüte auf; sie beginnt, wild auf ihm zu reiten; bald zeigt sie ihm ihr Gesicht und die Brüste, dann wieder zeigt sie ihm ihren Rücken und das Gesäß. Beide sind in tiefem Glück versunken, bis sich sein Blütensaft in ihren Schoß ergießt.

Henri Miller beschrieb auch die erotische Liebe zwischen zwei und mehreren Frauen, er war auch dabei ein Meister der Beobachtung; er schrieb über die wilden Gefühle der Frauen, über die Formen ihres Küssens, über ihr wildes Begehren. Aber er schrieb auch über die homosexuelle Liebe der Männer, die sich gegenseitig erregten; er erzählte, wie sie die Größe und Schönheit ihrer Blütenstängel bewunderten, wie sie ihre Goldkugeln bestaunten, und wie sie sich gegenseitig im After liebten. Doch die Faszination des Dichters blieb beim Liebesspiel zwischen den Männern und den Frauen; denn er verehrte den weiblichen Körper und war begeistert von den Empfindungen der Frauen. Er hat mit seinen Schriften viel zur Entwicklung einer erotischen Lebenskultur beigetragen.

LIEBESKUNST DES TANTRA

Die Liebeskunst des indischen, tibetischen und chinesischen Tantra wurde seit 150 Jahren auch nach Europa und Nordamerika transferiert; sie wurde vielfältig weiter entwickelt. So entstanden mehrere Formen des europäischen Tantra, die hier kurz skizziert werden sollen. Tantra heißt also die körperliche und seelische Verflechtung der Liebenden, aber auch die Verflechtung mit der Welt des Göttlichen und des Heiligen. Die Tantra-Meditationen können von Liebespaaren zu zweit ausgeführt werden; sie können aber auch in gemischten Gruppen, in Frauengruppen und in Männergruppen vollzogen werden. Wichtig ist dabei der Bezug zu einem bestimmten und stabilen Liebespartner, es geht um die innere Verflechtung von Körper, Geist und Seele, um ein ganzheitliches Erleben.

In der Philosophie des Tantra geht es zunächst um das Erleben der weiblichen Urkraft, denn alle Frauen und Männer wurden von Müttern geboren. Aus dieser Urkraft entstanden das weibliche und das männliche Geschlecht, beide Geschlechter fühlen sich von einander angezogen und zu einander hingezogen. Durch verschiedene Riten und Meditationen kann die Vereinigung der Geschlechter vorbereitet und vertieft werden. Viele Teilnehmer murmeln dabei die heilige Silbe OM, die aus Indien kommt; manche können durch dieses Murmeln schon in Trance geraten. Andere Verwenden ein Bild (Yantra) zur Vorbereitung der sexuellen Vereinigung; das können Bilder aus der Natur oder von menschlichen Körpern sein.

Bei der Meditation können sich beide Partner mit Blumen schmücken und mit Duftölen salben; beide geben einander das Einverständnis zum erotischen Liebesspiel. Dann beginnen beider Partner zu einer bestimmten Musik aus Indien ihren eigenen Körper bewusst zu erleben. Sie stehen sich unbekleidet gegenüber, und sie ertasten mit ihren Händen sehr langsam ihren eigenen Kopf, den Hals, die Schultern, die Arme, die Brust bzw. die Brüste, den Bauch, die Oberschenkel, die Unterschenkel, die Füße; sie können die Augen schließen und sie speichern ein inneres Bild von ihrem Körper. Dann beginnen sie ihre Geschlechtsorgane zu spüren, die Frauen ihre Schamlippen und den Kitzler; die Männer den Penis und die Hoden. Sie speichern auch das Bild ihrer Geschlechtsorgane in ihrem Inneren.

Das Ziel dieser Meditation ist es, einen »tantrischen Körper« zu bekommen, der von der Seele und dem Geist bewusst erlebt wurd. Das ist ein empfindsamer Körper, der viele erotische Reize aufnehmen, speichern und lenken kann. Denn wir nehmen im täglichen Leben viele Reize von Frauen und Männern in uns auf, ohne dies zu bemerken. Tantrische Menschen können diese gespeicherten Reize beim erotischen Liebesspiel abrufen, sie erleben eine große Bandbreite der sinnlichen Lust.

Der zweite Teil der Meditation besteht im Ertasten und Erleben des Körpers des Liebespartners. Nun stehen sich ein Mann und eine Frau unbekleidet gegenüber; es können aber auch zwei Frauen oder zwei Männer sein. Beide schließen die Augen und ertasten zu indischer Musik den Körper des Partners bzw. der Partnerin. Sie beginnen wieder beim Kopf, beim Haar, beim Hals, sie gehen dann tiefer zu den Schultern und Armen, zur Brust bzw. zu den weiblichen Brüsten, zum Bauch und zu den Oberschenkeln, zu den Unterschenkeln und den Füßen; sie speichern diese Körperformen und Reize in ihrem Gedächtnis. Dann ertasten sie langsam und vorsichtig die Geschlechtsorgane des Partners, den Penis und die Hoden, die Schamlippen, den Kitzler und die Vagina. Sie speichern auch diese Erfahrungen und Bilder in ihrem Gedächtnis.

Eine dritte Form der Meditation oder Übung kann von den Männern und den Frauen einzeln ausgeführt werden; etwa jeden Abend vor dem Schlafengehen 10 bis 15 Minuten lang. Jeder stellt sich allein vor einen Spiegel hin und erkundet seinen/ihren Körper. Dabei sollen alle Bereiche des Körpers bewusst erlebt und angeschaut werden; der Kopf, das Gesicht, der Hals, die Arme, die Brust, der Bauch, die Schenkel, die Füße, die Geschlechtsorgane. Es geht darum, es zu üben, den eigenen Körper mit allen seinen Teilen anzunehmen und ihn schön und attraktiv zu finden. Das kann für viele Personen mit großen Schwierigkeiten verbunden sein, denn viele Frauen oder Männer können ihren Körper nicht so annehmen, wie er ist. Wenn der Bauch zu groß ist, kann daraus die Entscheidung folgen, weniger zu essen. Wenn die Muskeln zu schwach sein, kann der Entschluss wachsen, mehr an Sport und Bewegung zu machen.

Denn wir können unsere Körper formen, auch wenn uns seine Grundmuster angeboren sind. Das wussten die antiken Griechen und die Römer, sie gingen unbekleidet in das Gymnasion, um ihre Körper zu trainieren; Frauen und Männer gingen zu getrennten Zeiten in das

Gymnasion und in die Thermen, damit wurde eine hohe erotische Kultur möglich. Wir haben heute alle Möglichkeiten, unsere Körper zu pflegen und zu trainieren. Hier ist gar nicht an Schönheitsoperationen zu denken, denn es gibt kein Ideal der erotischen Schönheit. Alle Körpertypen, ob groß oder klein, ob dick oder dünn, können erotische Ausstrahlung gewinnen. Die Voraussetzung ist, dass die Frauen und die Männer ihren Körper voll akzeptieren können.

In der tantrischen Meditation können sie lernen, auf ihren Körper stolz zu sein; sie dürfen aber kein Idealbild der Schönheit akzeptieren; es können auch behinderte oder durch Unfälle verletzte Menschen einen sehr schönen Körper gewinnen. Wichtig ist das Zusammenwirken von Körper, Seele und Geist. Mit Seele ist hier die Gesamtheit der erlebten Gefühle gemeint; Geist fasst das kognitive Wissen und die rationale Interpretation des Körpers zusammen. So können Menschen mit einem schwachen Körpergefühl in der Tantra-Meditation lernen, ihr Selbstwertgefühl zu stärken. Denn Erotik ist immer das Zusammenwirken von Körper, Gefühl und Verstand.

Eine weitere Tantra-Meditation wird von Liebespaaren ausgeführt, sie kann bis zu einer Stunde dauern. Hier geht es darum, die eigenen erotischen Fähigkeiten zu verbessern, aber auch, die erotische Sensibilität des Partners/der Partnerin zu steigern. In der ersten halben Stunde liegt die Frau unbekleidet auf dem Bauch vor dem Mann, und er beginnt, sie am ganzen Körper zu streicheln und zu liebkosen; er geht alle Regionen ihres Körpers sehr langsam durch, zu ihren Geschlechtsorganen kommt er erst zum Schluss. Er streichelt zuerst den Rücken, die Arme und die Schenkel der Frau, er nimmt ihre Reize in sich auf; dann dreht sie sich um und er streichelt ihr Gesicht, den Hals, die Brüste, den Bauch, die Schenkel, die Beine, die Füße; zuletzt ihr Geschlecht; Dann kann sie vor ihm stehen und er streichelt sie von vorne, von oben bis nach unten, von unten nach oben; dann dreht sie sich wieder um, er streichelt ihren Rücken, ihr Gesäß, ihre Schenkel und die Füße.

Zum Schluss kniet sich der Mann vor die Frau hin, sie wendet ihm ihr Gesicht zu; und er umfängt jetzt ihre Oberschenkel und ihr Gesäß; er vergräbt sein Gesicht in ihrem Schamhaar und vor ihren Schamlippen; damit drückt er seine innigen Gefühle der Hingebung und der Zuneigung aus; er kann längere Zeit in dieser Position bleiben und diese Gefühle in seiner Seele speichern.

Nach einer halben Stunde (Glockenschlag) ändern beide Partner ihre Position, nun liegt der Mann unbekleidet vor der Frau; und sie entdeckt mit ihren Händen und Fingern seinen ganzen Körper von vorne; sein Gesicht, den Hals, die Schultern, die Brust, den Bauch, die Schenkel, die Füße, das Geschlecht. Nach einiger Zeit legt sich der Mann auf den Bauch und die Frau erkundet mit ihren Händen seinen Kopf, den Hals, die Schultern, die Arme, den Rücken, das Gesäß, die Oberschenkel, die Unterschenkel und die Füße; zuletzt erkundet sie sein Geschlecht, aber ohne ihn stark zu erregen. Auch sie speichert diese Eindrücke in ihrem inneren Gedächtnis; und er speichert die Bewegungen ihrer Finger und Hände.

Zum Schluss kniet auch die Frau vor dem Mann, der vor ihr steht und ihr das Gesicht zuwendet, Sie umfängt mit ihren Armen seine Schenkel und sein Gesäß; auch sie vergräbt ihr Gesicht in der Mulde seines Geschlechts; darin erleben beide tiefe Verbundenheit. Wenn die Glocke schlägt, legen sich beide Partner auf eine Matte und sprechen über ihre inneren Erfahrungen und Gefühle. Auf diese Weise entsteht eine innige Verbundenheit von Liebespartnern, die sehr lange Zeit anhalten kann. Es ist sinnvoll, diese Meditation einmal in der Woche oder im Monat auszuführen. Denn Tantra bedeutet aktive Arbeit in einem Liebesverhältnis.

Eine andere Form der Meditation stärkt die sexuelle Energie der Partner, die immer auch Lebensenergie bedeutet. Aus dieser Sicht gibt sexuelle Askese keinen Sinn, denn sie schwächt die Lebensenergie und das emotionale Erleben. Die Liebespartner decken einander mit Küssen zu, sie malen sich gegenseitig mit der Zunge und den Lippen Bilder auf die Haut. Auch diese Meditation kann 40 bis 60 Minuten dauern, sie sollte wöchentlich oder einmal im Monat wiederholt werden. Zuerst legt sich die Frau auf den Bauch, sie liegt weich auf einer Matte. Der Mann beginnt, mit den Händen ihren weichen Körper zu erkunden. Dann beginnt er, ihre Haut zu küssen, von oben nach unten und von unten nach oben; er küsst ihren Hals und die Schultern, den Rücken und die Schenkel, die Arme und die Beine. Mit der Lippen tastet er über ihre Haut, und mit der Zunge spürt er die feinen Härchen der Haut; er spürt, wie sich diese aufstellen; dann beginnt er, Blumen auf den Körper zu zeichnen, er kann die Blumen leise benennen: Akelei, Sonnenblume, Gänseblümchen, Glockenblume usw. Er zeichnet diese Blumen ganz langsam und deutlich, er merkt sich diese Blumen. Nach einiger Zeit dreht sich die Frau um und liegt auf dem Rücken. Nun zeichnet der Mann die Blumen auf ihr Gesicht, den Hals, die Arme, die Brüste, den Bauch und die Schenkel, auch auf die Füße, zuletzt auf ihr Geschlecht.

Die Frau weiß sich von Blumen übersät, und der Mann ist dabei der große Gärtner; er will seine Geliebte zum Blühen bringen; beide lassen diese imaginären Blumen eine Zeit lang auf sich wirken. Auf das Zeichen einer Glocke hin, wechseln beide Partner die Rollen; nun ist die Frau die Gärtnerin und der Mann das Blumenbeet. Sie übersät seinen Rücken und die Schenkel mit wilden Blumen; dabei setzt sie die Lippen ein; wo der Mann aber viele Haare hat, zeichnet sie die Blumen mit den Fingerspitzen; nach einiger Zeit dreht sich der Mann um und sie übersät ihn von vorne mit Blumen aus dem Garten der Natur; zuletzt zeichnet sie kleine Blümchen auf seine Geschlechtsorgane. Beide liegen längere Zeit eng umschlungen, sie fühlen sich mit Blumen übersät; sie spüren Lebensenergie auf und unter ihrer Haut. Und sie hegen das Bedürfnis, einander auch im Alltag zum Blühen zu bringen.

Eine andere Variante der Meditation ist die Zeichnung von zahmen und wilden Tieren auf der Haut des geliebten Partners. Die Anregungen dazu kommen aus Indien, aus dem Buch Kama Sutra. Hier können beide ihre Fantasie spielen lassen; sie zeichnen einander Vögel die fliegen; oder wilde Pferde und Löwen; oder Schlangen, die über die Haut kriechen; oder Ameisen und Bienen usw.; beide sollen später erraten, welche Tiere gezeichnet wurden; diese Tiere können Symbole für das Leben und die Liebe sein. Durch diese Meditation ordnen wir Menschen uns ein in die Welt der Tiere, mit denen wir die sexuelle Lebensenergie teilen; wir erleben uns als ein Teil der Natur oder der göttlichen Schöpfung.

Neben diesen Meditationen gibt es noch die großen Rituale, die mehrere Stunden dauern können; sie können zu zweit oder in Gruppen ausgeführt werden. Zu diesen Riten gehören die vorbereitenden Tätigkeiten; die Bereitung von Speisen und Getränken, das Schmücken des Raumes, der Tische und des Bettes; das gemeinsame Speisen; das gegenseitige Entkleiden der Partner; ein gemeinsames Bad, das Einsalben des Körpers mit Duftölen; der lange und innige Tanz; der Weg zum Liebesbett; der Beginn des Liebesspiels; das gegenseitige Küssen des ganzen Körpers; das Zeichen von Blumen und Tieren auf die Haut des Partners; das Liebesspiel im engeren Sinn; das Küssen der Geschlechtsorgane; die Verbindung von Lingam und Yoni; die innige Verschmelzung der Liebenden; das langsame Aufwachen; bei einander liegen und über die gemachten Erfahrungen sprechen; das Anziehen der Kleider, ein kleines Mahl; die Verabschiedung, wenn die Partner getrennt wohnen.

Manche Paare führen die Tantra-Meditation durch sieben Nächte hinter einander aus, aber dann in der gekürzten Form; etwa mit der Dauer einer Stunde; das lässt sich im Urlaub einrichten, wenn keine Kinder da sind; oder an den langen Winterabenden. Es geht darum, die enge Verbundenheit und Verschmelzung eine Woche hindurch intensiv zu erleben. Denn unser Gehirn speichert diese Rituale und intensiven Erfahrungen; Diese sieben Liebesnächte können von Paaren einmal im Jahr wiederholt werden; sie tragen wesentlich zur emotionalen Festigung einer Beziehung bei.

Bei Trennungen von Paaren können auch Tantra-Riten ausgeführt werden. Wenn zwei Partner nicht mehr mit einander leben können und wenn sie gemeinsam beschlossen haben, sich zu trennen, können sie ein Abschiedsritual gestalten. Sie sprechen noch einmal ausführlich über ihre gemeinsamen Erfahrungen; sie zeigen einander ihre Dankbarkeit für das, was sie mit einander erleben durften. Wenn sie noch Energie haben, küssen und streicheln sie einander ein letztes Mal; beide verabschieden sich dabei vom Körper des Partners, von seiner Haut, von seinem Gesicht, von seinem Geschlecht; dabei dürfen auch die Tränen der Trauer reichlich fließen; dann wünschen sie einander alles Gute für den weiteren Weg, allein oder mit einem anderen Partner; sie umarmen sich und gehen dann auseinander, in verschiedene Räume Bei manchen Trennungsritualen werden auch Freunde eingeladen.

Wichtig bleiben unsere inneren Bilder, die wir im Kontext der sexuellen Liebe aufbauen können; das können Bilder sein, die unser Liebesleben stärken und entfalten; das können aber auch Bilder sein, die unser erotisches Erleben hindern oder unmöglich machen. Nicht alle Menschen haben im Leben die gleiche Chance, erotische Liebe zu erleben und ein mitfühlender Liebespartner zu werden. Menschen, die eine ausgesetzte Kindheit erlebt haben, die Kriege und Vertreibung mitgemacht haben, tun sich ein Leben lang schwer, genügend Geborgenheit zu finden, um sich einem Liebespartner voll hingeben zu können. Oder Männer und Frauen, die in der Familie die Abwertung der Sexualität erlebt haben, werden kaum ein positives Verhältnis zu ihrem Körper entwickeln können.

Nun können viele Abwertungen und Verletzungen aus der Kindheit später in einer Partnerbeziehung zum Teil ausgeglichen werden, wenn diese Personen auf mitfühlende Partner stoßen. Doch es gibt die vielen Kinder und Jugendlichen, die in der Kindheit oder frühen Jugend sexuell überfordert oder missbraucht wurden; viele von ihnen wollen sich für diese Schmerzerfahrung ein Leben lang rächen; die meisten von ihnen tun sich schwer, eine positive Einstellung zur Sexualität zu gewinnen. Hier hat die herkömmliche Kirchenreligion sehr negativ auf viele Personen gewirkt; die Kleriker und Theologen sagten ihnen durch viele Jahrhundert, dass ihre Geschlechtsorgane »unehrenhafte Körperteile« (partes inhonestae) seien, mit denen man nicht spielen dürfe, weil das eine »Sünde« sei. Diese repressiven Lehren haben eine erotische Kultur in Europa fast unmöglich gemacht.

Doch heute haben sich die meisten Zeitgenossen von diesen körperfeindlichen Lehren verabschiedet, die jüngeren Menschen glauben nicht mehr daran. Doch heute arbeiten ganz andere Kräfte gegen eine erotische Lebenskultur, vor allem in den neuen Medien, wo in großen Mengen Bilder von Kinderschändungen gezeigt werden. Die Tantra-Meditationen setzen hier ein Gegengewicht, aber sie allein sind zu schwach. Weit verbreitet ist seit 50 Jahren die sanfte und »weiche Pornographie«, das sind erotische Bilder, die nicht mit Hass und mit Gewalt verbunden sind, die beide Geschlechter zu Zärtlichkeit und Hingebung einladen. Diese aber ist klar zu unterscheiden von der »harten Pornographie«, die immer mit Hass und Gewalt, mit Abwertung und Verletzung verbunden ist. Diese wird in einer erotischen Lebenskultur strikt und vehement abgelehnt.

Die Bilder der sanften und weichen Pornografie hingegen können für eine erotische Lebenskultur sehr hilfreich sein. Denn sie zeigen auf Papier gedruckt oder in Filmen sehr deutlich das weibliche und das männliche Geschlecht, sie zeigen die vielfältigen Formen der sexuellen Erregung und der Paarung. Diese Bilder, die nie mit Gewalt und Verletzung verbunden sind, beflügeln die erotische Fantasie unzählbar vieler Männer und Frauen. Viele Frauen sagen von sich, dass sie dadurch ihren weiblichen Körper besser kennengelernt haben; auch manche Männer sagen das von sich. Erotische Männer meditieren vor den Bildern des weiblichen Geschlechts; aber auch Frauen beziehen das männliche Geschlecht in ihre Meditationen ein. So werden diese erotischen Bilder vielfältig in unserer Erinnerung gespeichert.

Mit diesen Bildern ist keine Übersexualisierung unserer Gesellschaft verbunden, wie manche befürchten. Denn Männer und Frauen lernen aus diesen Bildern eine weiche und zärtliche Form der Erotik; und sie lernen, dass sexuelle Beziehungen immer freiwillig geschehen müssen, dass sie keinem Mitmenschen Gewalt antun oder Verletzungen zufügen dürfen. Und Männer und Frauen lernen, sich selbst zu befriedigen, wenn keine Liebespartner erreichbar sind. Sie lernen, dass diese Selbstbefriedigung keineswegs für den Körper oder die Seele schädlich ist und dass sie keine Sünde sei. Dabei wird sexuelle Energie abgeführt und ausgedrückt, wenn kein natürlicher Liebespartner erreichbar ist. Viele Menschen leben heute als Singles, sie müssen ihr Sexualleben über längere Zeit selbst und allein gestalten.

So gesehen sind die Tantra-Meditationen wichtige Formen einer erotischen Lebenskultur, die heute in der westlichen Welt im Entstehen ist. Sie können mit vielen anderen Formen der Meditation verbunden werden, denn sie binden Sexualität und Erotik in ein größeres Geschehen ein. Vor allem, sie verbinden ständig das körperliche Erleben mit der Dynamiken der Gefühle und mit der rationalen Lebensdeutung. Wir können lernen, dass der Körper, die Seele und der Geist zu einer großen Einheit verschmelzen können. Religiöse Menschen habe dazu noch die Möglichkeit, das erotische Erleben mit der Welt des Göttlichen und des Heiligen zu verbinden. Eine erotische Religiosität gewinnt heute weltweit an Faszination.

EROTISCHE LEBENSKULTUR HEUTE

In den letzten 70 Jahren ist in den westlichen Ländern eine erotische Lebenswelt entstanden, die immer mehr Mitglieder der Gesellschaft erfasst. Gewiss ist der wirtschaftliche Wohlstand eine Voraussetzung dafür. Aber die meisten Zeitgenossen haben sich von den Sündenlehren der Kirchen und von der Abwertung der Sexualität mit starker Überzeugung getrennt. Gewiss reicht das allein noch nicht für eine erotische Lebenskultur, aber sie ist in Teilbereichen der Gesellschaft weit fortgeschritten. Freilich gibt es auch die starken Gegenkräfte, vor allem in den neuen Medien, die eine erotische Lebenskultur mit allen Mittel verhindern wollen denn sie verbinden weiterhin das Erleben von Sexualität mit Hass und Gewalt, mit Abwertung und Verletzung.

Doch die große Mehrheit der Bevölkerung in allen sozialen Schichten und Altersgruppen ringt um eine erotische Lebenskultur, die das Zusammenleben der Geschlechter verstärkt. Dabei wird von dem humanistischen Grundbekenntnis ausgegangen, dass alle Menschen den gleichen Wert haben, dass alle ein Recht auf die Entfaltung sinnlicher Lust haben, dass die Männer nicht über den Frauen stehen. Darauf aufbauend wird das Ziel verfolgt, das Erleben der Sexualität mit dem Erleben der Gefühle und mit sozialer Verantwortung zu verbinden. In einer erotischen Kultur ist jeder Mensch ein Selbstzweck, keine Person darf von anderen Personen als Mittel zum Zweck benutzt werden. Jeder Mensch hat das Grundrecht, seine Fähigkeiten zu entfalten und seine erotischen Bedürfnisse zu befriedigen, aber niemals auf Kosten anderer Personen.

Seit Langem sind die Frauen die Trägerinnen einer erotischen Lebenskultur, denn sie sind die Lehrmeisterinnen des erotischen Liebesspiels, und sie verbinden mehr als die Männer ihr körperliches Erleben mit der Welt der Gefühle. In allen Kulturen haben die Frauen die Männer gelehrt, zärtlich und mitfühlend mit ihnen umzugehen, auf Gewalt und Abwertung zu verzichten. Freilich ist das in vielen Regionen der Erde noch lange nicht gelungen, aber eine erotische Kultur ist ein dauerhafter Lernprozess für beide Geschlechter. In den westlichen Demokratien haben Frauen zumindest in den Gesetzen die gleichen Rechte und Chancen wie die Männer, und in den Gesellschaften werden viele weibliche Lebenswerte verwirklicht. Demokratien werden nachhaltig auch von Frauen mitgeprägt, hingegen werden Diktaturen fast ausschließlich von Männern getragen und durchgesetzt.

Die patriarchale Eheform ist weitgehend überwunden, denn Frauen haben darin die gleichen Rechte und Pflichten wie die Männer. In der Politik werden viele weibliche Lebenswerte verwirklicht und umgesetzt, und in den erotischen Beziehungen zwischen den Geschlechtern haben die Frauen an innerer Dynamik gewonnen. Viele Männer sind durchaus lernbereit, denn sie sehen in den weiblichen Lebenswerten auch viele Vorteile für ihr eigenes Leben. So wird eine erotische Kultur von beiden Geschlechtern gestaltet, aber dabei müssen noch viele Reste der männlichen Dominanz überwunden werden. Denn auch die westlichen Gesellschaften kommen aus patriarchalen Lebensformen, die nicht so schnell zu überwinden sind. Diese Überwindung beginnt bei der Erziehung der Kinder und der Formung der Jugendlichen. Die Knaben und die Mädchen sollen lernen, dass sie in der Lebensgestaltung völlig gleichwertig sind.

Daher werden in den westlichen Gesellschaften die Rechte der Kinder geschützt, sie dürfen in ihrer seelischen und körperlichen Entwicklung nicht überfordert werden. Daher ist sexueller Missbrauch von Erwachsenen an Kindern und Jugendlichen streng verboten, er stellt ein Verbrechen gegen den Körper und die Seele dar. Das wollen viele Männer und manche Frauen bis heute nicht verstehen. Die Gesetze schreiben vor, dass erwachsene Personen mit Jugendlichen unter 18 Jahren keine sexuellen und erotischen Handlungen ausüben dürfen. Das ist ein Mittelwert, der sich aus den Erkenntnissen der modernen Psychologie ergibt. Kinder dürfen mit einander erotische Spiele üben, Jugendliche können unter einander sexuelle Beziehungen weit unter 18 Jahren beginnen. Aber die Erwachsenen dürfen ihnen dabei nur als Berater und seelische Begleiter zur Verfügung stehen.

Mit diesen Gesetzen können sich Kinder und Jugendliche frei und selbstständig entwickeln, in unterschiedlicher Geschwindigkeit. Nun werden aber laut realistischen Statistiken ungefähr 10 % bis 15 % der Kinder und Jugendlichen in ihrem Leben sexuell missbraucht und überfordert. Die Dunkelziffer könnte noch viel höher sein. Sie werden dadurch nachhaltig und dauerhaft in ihrer seelischen und körperlichen Entwicklung geschädigt. Doch wer sind die Täter der Kinderschändung? Es sind zu 90 % Männer, die mit ihrer eigenen Sexualität nicht zurecht kommen. Es sind Männer und nur wenige Frauen, die selber in der Kindheit sexuell missbraucht oder überfordert wurden. Sie haben den starken Antrieb, diesen Missbrauch wieder an andere Kinder weiter geben zu müssen. Dazu kommt noch die kleine Gruppe von pädophilen Männern, die bei 0.7 % der Bevölkerung liegt.

Viele Männer, die sich an der Kinderschändung beteiligen oder die Filme mit Kinderschändung im Internet abrufen, erleben in ihren normalen sexuellen Beziehungen zu wenig oder gar keine Befriedigung. Sie brauchen für ihre sexuelle Erregung das Verbotene, das Verruchte, das Schmerzhafte. So kommt es dazu, dass Männer zwei Monate alte Babys sexuell stimulieren und dass ihnen Millionen von Männern im Internet dabei zusehen. Oder die vielen anderen Formen des sexuellen Missbrauchs von Kindern und Jugendlichen, die im Internet kommuniziert werden. Dies ist für eine erotische Kultur zutiefst beschämend, aber die Kontrollen der Polizei können dies nicht verhindern. Biologen sagen uns, dass Tiere keine derartige Schädigung von Jungtieren in ihren Gruppen kennen.

Doch die moderne Technologie hat dies möglich gemacht, und es ist schwierig, dies einzudämmen. Dies ist die Zerstörung jeder erotischen Lebenskultur, der sich heute viele sensible Zeitgenossen vehement widersetzen wollen. Denn Männer und auch Frauen, die in einer erotischen Kultur mit einander ihre sexuelle Befriedigung finden, haben kein Bedürfnis, sexuellen Missbrauch zu treiben oder diesen in den Medien anzusehen. Dazu kommen noch die Kinderschändungen, die in den letzten zehn Jahren in den kirchlichen und auch staatlichen Erziehungsheimen bekannt geworden sind. Hier verschärft sich die Schädigung noch einmal, weil die Täter religiöse oder moralische Autoritätspersonen sind und waren.

Eine erotische Kultur auf breiter Basis arbeitet nun dahin, dass zwischen den Männern und Frauen, aber auch zwischen den Frauen und zwischen den Männern befriedigende sexuelle Beziehungen möglich werden. Denn dann werden immer weniger Männer und Frauen ihre sexuelle Befriedigung mit Kindern und Jugendlichen suchen. Hier kommt auf die Psychologen und Therapeuten viel an Arbeit zu, um die schweren seelischen Verletzungen durch Kinderschändung abschwächen und teilweise heilen zu können. Aber viele Kinderschänder erweisen sich als therapieresistent, denn sie wollen ihr Handeln nicht als Unrecht anerkennen. Dazu kommen noch die vielen sadistischen und masochistischen Triebtäter, die bewusst oder unbewusst andere Menschen, vor allem wehrlose Kinder, verletzen wollen.

Heute bemühen sich viele Psychologen und Therapeuten, seelisch verletzte Personen zu betreuen und zu begleiten, damit sie mit ihren Verletzungen umgehen können. Auch sadistische Personen können lernen, sinnliche Lust zu erleben, ohne gleichzeitig andere Personen verletzen zu müssen. Aber dies ist zumeist ein sehr langer Prozess. Daher müssen Kinderschänder vom Staat ausgeforscht und einer Therapie zugeführt werden. Denn eine Gesellschaft kann es sicht nicht leisten, mit vielen seelisch verletzten Personen zu leben, denn sie können das soziale Gleichgewicht sehr schnell destabilisieren. Manche Kinderschänder oder pädophile Personen schließen sich zu Selbsthilfegruppen zusammen, um mit Hilfe von Therapeuten ihre sozial gefährlichen Einstellungen zu verändern.

Den pädophilen Personen wird von Therapeuten geraten, sich beruflich und auch im privaten Leben von Kindern fernzuhalten. Heute werden viele Erzieher getestet, ob sie pädophile Neigungen haben. Viel schwieriger ist es, tatsächliche und potentielle Kinderschänder davon zu überzeugen, dass ihre sexuellen Handlungen mit Kindern diesen schweren seelischen Schaden zufügen. Denn viele Personen, die selber sexuell missbraucht worden sind, haben das starke Bedürfnis, diesen Missbrauch an andere weiterzugeben. Nun kann aber durch therapeutische Arbeit dieses Bedürfnis durchbrochen werden. Auch diese Personen können lernen, sexuelle Handlungen nur mit erwachsenen Männern oder Frauen auszuüben.

Schwierig bleibt aber die Therapie an Personen, die in der Kindheit oder Jugend von Erwachsenen oder von Autoritätspersonen sexuell überfordert und daher missbraucht wurden. Denn sie können lange Zeit nicht über ihre Erfahrungen sprechen, sie entwickeln eine Abneigung gegen ihren Körper und gegen Sexualität; oder sie entwickeln eine sexuelle Hyperaktivität, um ihre negativen Erfahrungen an möglichst viele andere Personen weiterzugeben. Wieder andere organisieren die Kinderschändung und sie stellen ihre verbrecherischen Handlungen in das Internet, um damit Geld zu verdienen. Gewiss gab es auch in früheren Zeiten Kinderschändung, aber die modernen Medien haben die massenhafte Verbreitung und Anleitung dazu erst möglich gemacht. Psychopathische Menschen haben das starke Bedürfnis, ihre kriminellen Aktivitäten verdeckt oder öffentlich darzustellen.

Ein starkes Gegengewicht gegen diese psychopathischen Formen der Sexualität bietet eine erotische Lebenskultur auf breiter Basis der Gesellschaft. Wir haben heute in den westlichen und demokratischen Staaten alle Möglichkeiten, unsere Sexualität auf humane und sozial verträgliche Weise zu leben. Wir haben breite Spielräume für heterosexuelle und für homoerotische Beziehungen geschaffen. Aber wir ringen darum, dass alle sexuellen Handlungen freiwillig geschehen, dass die Würde einer Person nicht verletzt wird, dass es keine Abwertungen und Verletzungen gibt. Im Grunde ringen auch im Bereich der Sexualität immer die sozial verantwortlichen Humanisten mit den offenen und verdeckten Antihumanisten.

Wichtig für eine erotische Lebenskultur ist es, dass sich Kinder und Jugendliche frei und selbstständig entwickeln können, dass sie sexuell und seelisch nicht überfordert werden. Erwachsene müssen ihnen alle wichtigen Informationen über gelebte Sexualität geben, auch über ihre Fehlformen; sie müssen sie vor allem in ihrer sexuellen Entwicklung begleiten. Kinder, die in einer Freikörperkultur (FKK) aufwachsen, wissen wie die Geschlechtsorgane von erwachsenen Männern und Frauen aussehen; sie sind von der Nacktheit nicht überfordert. Einige Kinder sehen es auch von der Ferne oder aus der Nähe, wenn ihre Eltern sich paaren. Wichtig ist, dass die Eltern mit ihnen darüber sprechen, was dabei geschieht. Viele Kinder haben durch die neuen Medien Zugang zu pornografischen Filmen, auch zu harter Pornografie; sie brauchen das Gespräch mit Erwachsenen, um dies verarbeiten zu können.

Wichtig bleibt es auch, dass Jugendliche über ihre ersten sexuellen Erfahrungen mit anderen Jugendlichen mit Eltern oder Erziehern sprechen können. Denn sie haben jetzt viele Fragen und Probleme zu bewältigen, mit denen sie nicht allein gelassen werden dürfen. Erwachsene können den Kindern und Jugendlichen viel über ihr sexuelles Lernen erzählen, denn dieses bleibt zu allen Zeiten schwierig. So können Jugendliche und Erwachsene gemeinsam erotische Filme sehen, um dieses Lernen zu ermöglichen. Die Jugendlichen sollen früh die klare Unterscheidung zwischen der weichen und der harten Pornographie lernen. Und sie sollen die Grundregeln einer humanen Form der Sexualität verstehen; nämlich das Prinzip der Freiwilligkeit, der Nichtverletzung, der Wertschätzung.

Denn eine erotische Lebenskultur ist ein dauerhafter Lernprozess, wenn wir verstehen, dass wir in unseren sexuellen Beziehungen immer Fehler machen, dass wir aber Fehler erkennen und korrigieren können. Es ist gut, dass wir verstehen, dass beim erotischen Liebesspiel immer zwei ganz verschiedene Lebensgeschichten zusammenkommen. Zuerst werden wir körperlich von einander angezogen, aber bald müssen wir fragen, welche Geschichte hinter der geliebten Person steckt. Denn in der Liebe wachsen nicht nur zwei Körper zusammen, sondern auch zwei Gefühlswelten und Geschichten von Lebenserfahrungen verbinden sich. Daher bleibt das lernende und hörende Gespräch wichtig, denn wir müssen das körperlich Erlebte immer emotional verarbeiten. Das kann für seelisch verletzte Personen oder für Menschen mit einer ausgesetzten Kindheit sehr schwierig sein.

Und wir müssen in der Liebe ständig lernen, Grenzen zu ziehen, wo wir nicht mehr mitkönnen oder wo wir überfordert sind. Wir müssen unsere nicht befriedigten Bedürfnisse ansprechen; und wir müssen sexuelle Praktiken benennen, die wir nicht mitmachen können; etwa anale Sexualität oder das Küssen des Penis und der weiblichen Vulva. Umgekehrt müssen wir unsere positiven Wünsche und Vorlieben anzeigen. Wenn wir erkennen, dass zwei Lebensgeschichten oder die sexuellen Bedürfnisse nicht gut zusammenpassen, müssen wir dies auch offen besprechen. Es ist sehr schwierig, die eigenen Defizite oder die Mängel des Partners zu erkennen und zu akzeptieren. Dabei ist jeder Mangel relativ, was bei einem Partner als ein Mangel erscheint, kann mit einem anderen Partner ein Glücksfall sein.

Das Schwierigste in einer Liebesbeziehung ist die Trennung, wenn sie notwendig und unausweichlich wird. Dabei wird oft therapeutische Hilfe angestrebt. Aber wenn ein Partner oder beide zu der Einsicht kommen, dass sie sich gegenseitig nicht entfalten können, ja dass sie sich gegenseitig zerstören, dann führt kein Weg an der Trennung vorbei. Dann muss mit viel Vorsicht gesagt werden, wo die Probleme liegen, die nicht zu beseitigen sind. Es geht darum, den Partner deswegen nicht abzuwerten oder für die Fehler verantwortlich zu machen. Es geht um die vernünftige Einsicht, dass zwei Partner nicht mehr gut zusammen weiter leben können. Wichtig ist, dass beide einander ihren Dank aussprechen für den gemeinsamen Weg, dass sie einander Fehler und Verletzungen verzeihen. Nur wenn sie versöhnt auseinandergehen, werden sie mit einem anderen Partner gut weitergehen können.

Ein anderes Problemfeld der erotischen Kultur ist die käufliche Liebe in der Form der Prostitution. Diese wurde innerhalb der menschlichen Kulturen immer gebraucht und angeboten, sie wurde unterschiedlich geregelt. Sie wird hauptsächlich von den Männern gebraucht, Frauen suchen sie seltener. In der Frühzeit gaben die Männer den Frauen ein Stück Nahrung (Bananen, Kürbisse), wenn sie sich mit ihnen paaren durften. Später gaben sie ihnen Kleider oder Geld dafür, denn die Männer hatten mehr Möglichkeiten, Güter zu erwerben als die Frauen. In den Dörfern und Städten wurden eigene Hütten und Häuser für die käufliche Liebe eingerichtet, die Frauen der Lust und der Liebe waren sehr angesehen. Später war es die Aufgabe dieser Frauen, die jungen Männer der bürgerlichen und der aristokratischen Gesellschaft in die Künste der Erotik einzuführen.

Die Engländer nannten diese Form der käuflichen Liebe »Prostitution« (prostitution), weil einige der Frauen vor diesen Häusern standen, um Männer zum Liebesspiel einzuladen. Bald wurde diese Form der Liebe ein starker Wirtschaftsfaktor, Männer organisierten die Häuser der freien Liebe, sie warben dafür und kauften dafür junge Frauen auf dem freien Markt. Dabei nutzten sie diese Frauen schamlos aus, sie gaben ihnen nur wenig Geld und hielten sie in Abhängigkeit. Damit entstanden große internationale Organisationen für Menschenhandel und Frauenhandel, vor allem arme Frauen konnten und mussten sich etwas Geld verdienen durch ihre sexuellen Dienste. Dieser Frauenhandel ist in ganz Europa auch heute noch in Gang, vor allem Frauen aus Osteuropa und Afrika werden eingekauft. Sie sagen aber den Behörden, die den Handel mit Menschen verbieten, dass sie ihre Dienste freiwillig machen.

In den meisten Ländern Europas ist die käufliche Liebe heute arbeitsrechtlich geregelt, der Beruf dieser Frauen wird als »Sexarbeiterinnen« staatlich anerkannt. Sie sind zumeist gewerkschaftlich organisiert und finanziell abgesichert, sie werden auch von den Gesundheitsbehörden regelmäßig überprüft. Nun können Frauen im Liebesdienst als freie Unternehmerinnen arbeiten, sie können andere Frauen als Angestellte und Mitarbeiterinnen haben; ihr Lohn ist geregelt, es bestehen Möglichkeiten der Kündigung. In diesen Unternehmen ist eine Humanisierung der käuflichen Liebe gut vorangekommen. Denn viele Frauen machen diesen Dienst wirklich freiwillig und mit Freude, wie sie öffentlich beteuern.

Viel schwieriger ist es für ausländische Frauen, die von Organisationen für käufliche Liebe eingekauft werden; sie bleiben von ihren Organisatoren (Zuhälter) abhängig; sie wohnen zumeist in den Häusern der Lust und zahlen hohe Mieten. Auch sie werden von den Behörden gesundheitlich überprüft, aber sie haben wenig freie Spielräume; und sie müssen den Männern fast alle Dienste leisten, die diese gegen Geld von ihnen verlangen. Sie haben es viel mit gewaltbereiten und sadistischen Männern aus allen sozialen Schichten zu tun. Hier ist die Humanisierung der Prostitution noch nicht weit vorangekommen; denn viele dieser Frauen brauchen psychologische Beratung und Hilfe, denn sie leisten für die Gesellschaft wichtige Dienste.

Dann gibt es noch die private Form der käuflichen Liebe, in der Frauen in ihren Wohnungen und Häusern ihre erotischen Dienste anbieten. Ihre Kunden sind zumeist reichere Männer, denn sie arbeiten auf einem hohen Niveau. Sie machen diesen Dienst nicht hauptberuflich, sondern neben ihrer beruflichen Tätigkeit; oft arbeiten sie mit anderen Frauen zusammen. Diese Frauen leisten oft wichtige Dienste für eine erotische Lebenskultur, denn sie fordern von den Männern Respekt und

Anerkennung. Und sie tun nichts für die Männer, was sie nicht selber gerne tun möchten. Viele von ihnen verbinden das sexuelle Liebesspiel mit Formen der Meditation und mit Riten der Vertiefung. Gewiss gibt es auch einige Männer, die ihre erotischen Dienste für wohlhabende Frauen anbieten, doch ihre Zahl ist gering, weil Frauen dies wenig nachfragen.

Für die Männer aus allen sozialen Schichten bedeutet dies, dass sie lernen müssen, diese Frauen der Lust (Freudenmädchen) als Personen zu respektieren und ihnen Wertschätzung entgegen zu bringen. Sie müssen aufhören, sie wie Sklavinnen zu behandeln, nur weil sie ihnen Geld geben. Daher müssen schon die Schüler in den höhen Schulen lernen, dass es die käufliche Liebe gibt und dass die Männer die Frauen mit Respekt und Dankbarkeit behandeln müssen. Denn diese Frauen leisten wichtige Dienste für das Leben, sie führen viele junge Männer in die Kunst der Erotik ein. Sie betreuen ältere Männer, die allein stehend sind oder in der Ehe keine Erfüllung finden. Oft sind dies sehr gebildete Frauen, die den Männern auch eine Kultur des Herzens und der Gefühle vermitteln.

Für eine Kultur der Erotik arbeiten auch viele Gruppen der Meditation und der Selbsterfahrung. Sie verbinden vor allem östliche Meditationen (Kundalini) mit dem Erleben von Sinnlichkeit und Sexualität. Diese Gruppen können unterschiedlich organisiert sein, zumeist aber sind es Paargruppen, ein Mann und eine Frau, oder zwei Frauen, seltener zwei Männer. Sie treffen sich regelmäßig, einmal im Monat oder alle zwei Wochen, manche auch wöchentlich. Sie führen erotische Meditationen aus, sie sprechen über ihre Erfahrungen und Wünsche. Wenn die

Gruppe nicht zu groß ist (6 bis 8 Personen) und wenn alle mit einander vertraut sind, dann können sich die Paare in einem größeren Raum lieben. Denn es ist für viele Teilnehmer faszinierend zu sehen und zu hören, wenn auch andere Paare sich lieben. Hier werden gegenseitig viele erotische Reize weiter gegeben. Zum Schluss wird über diese Erfahrungen gesprochen.

In diese Richtung arbeiten auch manche Swinger-Clubs, die aber in ihren Gruppen den Partnertausch praktizieren. Sie tanzen mit einander, auch sie können erotische Meditationen abhalten; dann entkleiden sie sich und beginnen mit dem erotischen Liebesspiel. Wahlloser Partnertausch ist wegen der vielen Infektionsgefahren (HIV) schon lange nicht mehr möglich, er ist auch für das seelische Erleben nicht gesund. Daher bilden viele Gruppen stabile Paare, die im alltäglichen Leben nicht verbunden sein müssen. Das sind Freundespaare, die unter der Woche mit einander in Verbindung bleiben, die mit einer starken erotischen Faszination leben. Denn wichtig ist beim Liebesspiel, dass es von jedem Partner seelisch und emotional verarbeitet werden kann. Das aber ist beim wahllosen Partnertausch nicht möglich.

Sinnvoll sind also Gruppen mit stabilen Paaren, das können Lebenspaare sein oder Ritualpaare, wie in der Tantra-Meditation. Denn sexuelles Erleben soll nicht nur als eine biologische Verrichtig gesehen werden, sondern als eine tiefe Verbindung zweier Menschen mit dem Körper und mit der Seele. In der Meditation und im Gespräch wird diese seelische Verbindung vertieft, es können alle positiven und negativen Erfahrungen ausgedrückt werden. Manche Gruppen schaffen sich eigene Rituale für das erotische Liebesspiel, mit dem gegenseitigen Schmücken und Salben der Körper, mit dem rituellen Tanz, mit dem Küssen des ganzen Körpers und mit der ekstatischen Vereinigung der Liebenden. Die Teilnehmer fühlen sich eingebunden in die Gruppe, sie wissen sich bei guten Freunden geborgen. Und sie erleben gemeinsam tiefe Lebensfreude und Vitalität.

Wir haben also in liberalen Gesellschaften viele Möglichkeiten, eine erotische und sinnliche Kultur zu leben. Jetzt muss aber noch die Situation der vielen allein stehenden jungen Männer und Frauen in unseren Gesellschaften bedacht werden. Durch die Zuwanderung und die Aufnahme von Flüchtlingen kommen vor allem junge Männer nach Europa, die schwer eine Liebespartnerin finden. Sie kommen aus einem fremden, zumeist islamischen Kulturkreis und müssen in Europa erst die Grundregeln des Zusammenlebens und der erotischen Kultur lernen. Die meisten Städte organisieren Gruppen der Selbsthilfe und der Selbsterfahrung, die jungen Männer (und Frauen) lernen von Psychologen, Pädagogen und Medizinern die Regeln des Umgangs zwischen den Geschlechtern in Europa.

Dies ist ein langer und schwieriger Lernprozess, die jungen Männer lernen, die Gleichwertigkeit und die Selbstbestimmung der Frauen zu akzeptieren. Sie verstehen langsam, dass sie über die Frauen nicht herfallen können, dass sie nicht über sie herrschen, dass diese freiwillig dem Liebesspiel zustimmen müssen. Da es viel zu wenig Frauen aus den fremden Kulturkreisen in Europa gibt, müssen die Männer lernen, entweder sich sexuell selbst zu befriedigen; oder wenn sie etwas Geld haben, können sie ab und zu in ein Bordell gehen, um sich erotische Liebe zu kaufen. Die dritte Möglichkeit bieten Sex-Roboter, doch diese sind für die meisten Männer aus fremden Kulturen viel zu teuer. Wir haben es hier mit einem riesigen Problem zu tun, das fast alle Gesellschaften in Westeuropa betrifft.

In Europa leben gegenwärtig um die 26 Millionen Moslems, die ihre erotische Kultur aus verschiedenen Ländern mitbringen. Wir bemühen uns intensiv, dass auch sie die Grundwerte unseres Zusammenlebens und die Grundregeln des Sexualverhaltens akzeptieren und befolgen. Das muss in der zweiten oder dritten oder vierten Generation möglich sein. Dazu gehört die Freiwilligkeit der sexuellen Beziehungen, Zwangsehen sollen verhindert werden. Es gilt die Gleichwertigkeit der Geschlechter, Frauen dürfen nicht abgewertet oder geschlagen werden. Es gilt konsequenter Gewaltverzicht, damit werden sexuelle Nötigung oder Vergewaltigung verhindert. Toleriert wird die Beschneidung der Knaben an der Penisvorhaut, aber strikt verboten ist die Beschneidung der Mädchen an der Klitoris.

Es ist ein weiter und mühsamer Weg, bis Immigranten aus Afghanistan oder Syrien das europäische Wertesystem verstehen und befolgen können. Dafür brauchen wir strenge Kontrolle in den Kindergärten, den Schulen und den Moscheevereinen. Aber grundsätzlich ist es möglich, auch diese Immigranten aus fremden Kulturen in eine erotische Lebenskultur hineinzuführen. Vor allem die jüngeren Frauen sind dankbar für ihre Aufwertung und für die neuen Lebenschancen; und auch viele der jüngeren Männer akzeptieren mit Überzeugung die Regeln der Humanität und der sozialen Verantwortung für den Sexualpartner. Da der Islam grundsätzlich eine sehr positive Einstellung zur Sexualität hat, sind viele dieser

Lernprozesse in Europa möglich. Auch die sog. Ehrenmorde junger Moslems an ihren Schwestern, wenn sie im westlichen Lebensstil leben wollen, müssen strikt untersagt und geahndet werden. Denn auch die Anhänger des Islam sind kulturell lernfähig.

Es muss den islamischen Frauen und Mädchen erlaubt sein, sich nach der westlichen Form zu kleiden, wenn sie es wollen. Wir akzeptieren ihre partielle Verhüllung durch Kopftücher und durch Schleier, aber wenn Frauen kurze Röcke tragen und ihr Gesicht und die Haare zeigen wollen, muss dies von den islamischen Obrigkeiten erlaubt werden. Doch darum muss noch viel gerungen werden. Auch müssen die islamischen Frauen und Mädchen die Möglichkeit bekommen, eine sexuelle Beziehung mit einem Mann zu beenden, wenn diese unerträglich wird. Es muss um eine faire Trennung gerungen werden, dies gilt auch für westliche Männer. Denn es kann nicht akzeptiert werden, dass zornige Männer die Frauen und Mädchen verfolgen und töten, von denen sie verlassen worden sind. Auch Männer müssen lernen, ihre Frauen und Sexualpartnerinnen nicht als Besitzstücke zu sehen, sie müssen diese als freie Personen anerkennen. Dafür brauchen sie oft therapeutische Hilfe.

Gegen eine erotische Lebenskultur arbeiten vor allen in den sozialen Medien Personen, Gruppen und Organisationen, welche weiterhin Sexualität mit Gewalt und Verletzung verbinden wollen. Denn diese Medien sind voll mit Bildern und Filmen, in denen gezeigt wird, wie Frauen von den Männern vergewaltigt, gedemütigt und verletzt werden. Auch viele Kriminalfilme thematisieren diese Verletzungen und Tötungen, als ob sie zu unserem Leben gehörten. Millionen von Männern und Frauen sehen regelmäßig diese Kriminalfilme oder Horrorfilme, meist bevor sie ins Bett gehen. Zur seelischen Gesundheit und Sensibilität tragen diese Filme gewiss nicht bei. Manche Biologen und Psychologen sind der Meinung, dass diese Aufregung um das eigene Leben aus der Wirklichkeit der Steinzeit noch in uns gespeichert sei.

Wir leben mit aggressiven und destruktiven Menschen zusammen, unter uns bewegen sich viele sadistische und masochistische Zeitgenossen. Aber diese psychopathischen Personen werden in den westlichen Demokratien unter Kontrolle gehalten. In Zeiten der Kriege und der Diktaturen stellen sie dann die fanatischen Krieger, die Wächter der Konzentrationslager und die Erschießungskommandos. In den neuen Medien haben diese Personen nun die Chance, ihre destruktiven Fantasien und Aktivitäten ins Internet zu stellen und sie einer breiten Anhängerschaft zugänglich zu machen. Diese destruktiven Mitbürger wollen keine Kultur des Friedens und keine Erotik auf humanistischer Basis. Dieser Sachverhalt muss sehr realistisch gesehen werden, daher bleibt eine erotische Lebenskultur immer stark gefährdet und zerbrechlich.

Hier muss nun noch genauer auf die Sex-Roboter eingegangen werden, die seit ungefähr 30 Jahren in vielen Ländern der Welt erzeugt, verkauft und eingesetzt werden. Besonders in China und in Japan, aber auch in Indien ist die Nachfrage danach sehr groß. Denn diese Roboter sind gebaut wie reale Menschen, als Frauen und als Männer, in jeder Körpergröße und mit jeder gewünschten Haarfarbe. Sie können sprechen wie Menschen und werden mit bestimmten Duftnoten versehen. Nun können diese Roboter im Grunde alle sexuellen Tätigkeiten ausführen, welche biologische Menschen können. So können weibliche Roboter den männlichen Körper küssen und streicheln, sie können am Penis und an den Hoden lutschen und saugen; vor allem sie können sich den Männern zur Paarung hingeben, von vorne und von hinten, sie können Laute der Lust von sich geben. Und sie können nach dem Liebesspiel die Männer umarmen und mit ihnen ein langes Gespräch führen.

Dadurch können sich auch Männer in diese Maschinen verlieben. Die männlichen Roboter können die Frauen küssen von oben bis unten, sie können mit ihren Brüsten spielen; vor allem sie können lange Zeit die weiblichen Schamlippen und die Klitoris küssen; sie können mit ihrem erigierten Penis in die Frauen eindringen, sie können das Liebesspiel fortsetzen, so lange die Frauen wollen; und sie können auf Wunsch sogar eine Art Sperma in die Frauen spritzen, oder sie ergießen dieses Sperma auf den Bauch, die Brüste und das Gesicht der Frauen. Diese können am künstlichen Penis lutschen und ihre Befriedigung finden, so lange sie wollen. Nach dem Liebesspiel umschlingen die Roboter die Frauen und sie sprechen mit ihren über ihre emotionalen Erfahrungen. Frauen neigen noch stärker dazu als Männer, sich in diese Sex-Roboter zu verlieben. Die Verliebtheit von Menschen in Sprechmaschinen ist seit dem 1990er Jahren bekannt (F. Weizenbaum).

In Indien, China und Japan werden diese Sex-Roboter vor allem von Männern eingesetzt, weil es in diesen Gesellschaften zu wenig heiratsfähige Frauen und Mädchen gibt; vor allem in Indien werden Mädchen vor der Geburt abgetrieben. Aber auch Frauen verwenden in diesen Ländern Sex-Roboter, weil sie lange Zeit als

Singles leben, weil in den Großstädten ihre männlichen Liebespartner weit entfernt wohnen, weil der Schutz vor HIV und vor Covid 19 die Menschen zur Verwendung von Liebes-Robotern zwingt. In den westlichen Ländern werden diese Roboter auf Sex-Messen zwar angeboten, aber vorerst noch wenig nachgefragt. Aber sie könnten eine Hilfe sein für junge Männer aus fremden Kulturen, die lange Zeit keine Sexualpartnerinnen erreichen können. Es kann sein, dass uns der Schutz vor Infektionen in diese Richtung zwingt.

Zu bedenken bleibt hier, dass mit diesen Sex-Robotern die organisierte Prostitution deutlich eingedämmt und humanisiert werden könnte. Denn vor allem Männer mit sadistischen und masochistischen Neigungen können ihre Impulse mit Maschinen ausleben, ohne Mitmenschen zu verletzen. Sie können Sex-Roboter auch vergewaltigen, sofern diese sich das gefallen lassen. In dieser Sicht können diese Maschinen sogar sexualtherapeutisch eingesetzt werden, sie können destruktive Männer zu humanen Lernprozessen zwingen. Oder anders gesagt, sie können hoch aggressive Männer zu mehr sozialer Sensibilität und zu Mitgefühl hinlenken. Denn diese Männer können ihre Maschinen sogar »töten«, aber diese Maschinen können immer wieder repariert werden.

Dieser therapeutische Aspekt sollte nicht unterschätzt werden, er wird auch bei der Resozialisierung von Straftätern und Gewaltmenschen eingesetzt. Denn diese Roboter können mit einem ausgeklügelten therapeutischen Programm gefüttert werden, das den Konfliktsituationen immer neu angepasst werden kann. Es ergibt keinen vernünftigen Sinn, diese Sex-Roboter schlecht zu reden oder abzuwerten, sie bringen eine Vielzahl an positiven

Möglichkeiten. Außerdem bewegen wir uns in den nächsten Jahren mit großen Schritten in virtuelle Welten hinein. Wir können diese auch zu positiven Zielen des Zusammenlebens nutzen. Denn wir Menschen haben nun einmal die Fähigkeit, uns in virtuelle Welten zu verlieben und mit ihnen in emotionale Beziehungen zu treten.

Denken wir an die großen Religionen, in denen gläubige Menschen sich seit Jahrtausenden in göttliche Wesen und Gestalten verlieben, mit denen sie in einer tiefen emotionalen Beziehung leben. So lieben viele Inder den Gott Krishna und die Göttin Radha, Buddhisten lieben die männliche und die weibliche Gestalt des Buddha, sie führen mit ihm intensive Gespräche. Japaner lieben die Göttin Amaterazu, Christen lieben den vom Tod auferstandenen Christus. Viele Mönche und Nonnen lebten durch viele Jahrhunderte eine intensive Liebesbeziehung zu Jesus Christus oder zur Gottesmutter Maria oder zu männlichen und weiblichen Heiligen. Liberale Juden lieben ihren Gott Jahwe als jungen und sinnlichen Mann.

So neu sind unsere emotionalen Beziehungen zu imaginären Welten nicht, denn unser Gehirn schafft seit frühesten Zeiten die inneren Bilder, an denen wir unser Leben orientieren. Neu ist nur, dass wir unsere imaginären Welten durch Maschinen herstellen und durch künstliche Intelligenz simulieren können. Wir können daher die Sex-Roboter auch als künstliche Liebespartner sehen; sie bekommen in Ostasien von den Benutzern auch individuelle Namen. So werden auch Lebenspartnerschaften mit Denkrobotern möglich. Wie immer wir das bewerten, diese Entwicklung dürfte nicht aufzuhalten sein.

Da heute viele Menschen als Singles leben oder viele Paare beruflich bedingt in weit von einander entfernten

Städten wohnen, können sie oft Wochen oder Monate lang nicht zusammen kommen. Folglich bleibt ihnen in dieser Zeit des Getrenntseins auch nur die virtuelle Form der Sexualität bzw. die Selbstbefriedigung durch die Kommunikation über das Telefon oder das Internet (skype). Das ist diese Form der Sexualität, welche die verschiedenen Sex-Center seit vielen Jahrzehnten anbieten. Freilich kann dadurch auch die emotionale Bindung verstärkt werden, vor allem wächst die Sehnsucht nach dem körperlichen Zusammensein stark an. Die moderne Lebenswelt und Berufswelt macht es für viele Paare schwierig, in regelmäßiger sexueller Kommunikation zu leben.

Daher können sich alle Liebespaare glücklich schätzen, wenn sie beisammen wohnen können oder wenn sie in der geografischen Nähe leben. Dies mag ein Ansporn dazu sein, ein Leben in einer Partnerschaft gut und sozial verträglich zu gestalten und zu leben. Da Streitfälle nicht zu vermeiden sind, müssen Paare eine hohe Streitkultur entwickeln und ständig die Kunst der Versöhnung lernen und üben. Sie dürfen dankbar sein für alle Möglichkeiten der erotischen und sexuellen Beziehungen. Sie haben die Möglichkeit, an einander und mit einander zu wachsen. Und es ist möglich, die erotische Anziehung und Energie über lange Zeiträume zu erhalten. Dabei ist diese Anziehung an kein Lebensalter gebunden, sie verändert sich in den verschiedenen Lebensphasen.

Über 30 % der Paare bleiben ein Leben lang zusammen und werden mit einander älter und alt. Doch die anderen erleben mehrere Partnerbeziehungen, oder sie bleiben ein Leben lang allein. Bei jeder Partnerbeziehung kommen zwei verschiedene Lebensgeschichten zusammen, die emotionale Verflechtung gestaltet sich verschieden. Auch die sexuellen Beziehungen verändern sich in jedem Lebensalter, sie sind in der Jugendzeit voller Dynamik und Neugierde; aber sie werden mit dem Älterwerden ruhiger und ausgeglichener. Die erotische Faszination der Geschlechter kann bis ins hohe Alter erhalten werden, dies kann durch Formen der Meditation und des Rituals verstärkt werden. Denn Erotik ist ein ganzheitliches Geschehen zwischen dem Körper, der Seele und dem Geist.

EROTISCHE MEDITATIONEN

In der Meditation vertiefen wir unsere inneren Bilder, die wir von der Außenwelt aufnehmen und die unser Leben beflügeln. Aber wir wählen zumeist diejenigen Bilder aus, die unser Leben positiv beeinflussen und voranbringen. Dazu gehören die Bilder der Erotik, die wir tief in unserem mentalen und emotionalen Gedächtnis speichern. Positive Bilder unseres Gehirns wirken sich nachweisbar sehr günstig aus auf unsere Lebensprozesse, auf unseren inneren Antrieb, auf unsere Abwehrkräfte, auf die Kommunikation der Zellen. Dies wissen die Religionen seit langen, daher stellen sie den Glaubenden viele positive Bilder des Himmels und des Paradieses zur Verfügung.

Bei den erotischen Meditationen geht es darum, erotische Reize und Impulse zu vertiefen und zu stärken, denn sie geben uns viel an Lebenskraft und können unser Leben tatsächlich beflügeln. Daher ist es sinnvoll, diese Meditationen jeden Tag zu machen, von Einzelpersonen oder in Gruppen. Zumeist genügen 10 bis 15 Minuten, um ein erotisches Bild zu vertiefen und emotional zu verwurzeln. Denn durch diese Bilder wird in uns neue Lebensenergie geweckt, die durch unseren Körper strömt. Unser Leben wandelt sich, es bekommt eine Leichtigkeit und Begeisterung, auch wenn wir Schweres zu tragen haben. Für die Meditation können gedruckte Bilder oder Fotos verwendet werden.

Meditation A

Die Frau liegt nackt auf dem Bauch und sie schließt die Augen; der Mann kniet unbekleidet neben ihr, seine Blicke gleiten über ihren Rücken und die Schenkel; dann schließt er die Augen und speichert das Bild der Frau in seinem Gedächtnis; er lässt dieses Bild auf sich wirken; dann öffnet er die Augen und seine Hände und Finger gleiten über die Haut des Rückens; er schließt die Augen und vertieft dieses Bild; dann gleiten seine Hände über das Gesäß und die Schenkel der Frau; wiederum nimmt er diese Reize tief in sich auf; dann beginnt er, mit den Fingern Blumen auf die Haut der Frau zu zeichnen; Sonnenblumen und Akelei, Rosen und Farne; der Mann lässt diese Bilder in sich wirken; dann beendet er die Meditation.

Meditation B

Die Frau liegt unbekleidet auf dem Rücken, sie schließt die Augen; der Mann kniet unbekleidet neben ihr und lässt seinen Blick über ihren Körper streichen; er nimmt alle ihre Reize in sich auf und vertieft sie; dann schließt er die Augen und streicht mit seinen Handflächen und Fingern über ihren Körper; über ihren Hals und die Brüste, über die Arne und den Bauch, über ihre Schenkel und Füße, über ihr Geschlecht; wiederum speichert er diese Reize in seinem inneren Gedächtnis; dann beginnt er, mit den Fingern Blumen auf den Bauch und die Schenkel der Frau zu zeichnen; Schneerosen und Gänseblümchen, Seidelbast und Sommerlilien; er speichert diese Bilder in seinem Gedächtnis; dann beendet er die Meditation.

Meditation C

Die Frau liegt unbekleidet auf dem Rücken, sie hat ihre Schenkel leicht geöffnet; der Mann kniet unbekleidet vor ihr und lässt seinen Blick über ihren Körper gleiten; er blickt auf ihr Gesicht, ihren Busen, den Bauch, auf ihr Geschlecht; er schließt die Augen und lässt diese Bilder in sich wirken; dann beginnt er, das Geschlecht der Frau zu küssen; mit seinen Lippen tastet er sich an ihre Lotosblüte; er nimmt ihre Blütenblätter in den Mund; seine Zunge tastet sich an den Kitzler und beginnt damit zu spielen; nun küsst er lange das Geschlecht der Frau, er nimmt ihre Reize tief in sich auf; dann öffnet er die Augen und bewundert ihren schönen Körper; er spürt sinnliche Lust und Lebendigkeit; dann beendet er die Meditation.

Meditation D

Jetzt liegt der Mann nackt auf dem Bauch und schließt die Augen. Die Frau kniet unbekleidet daneben und lässt ihre Blicke langsam über seinen Körper gleiten; über seinen Kopf und den Hals, den Rücken und die Arme, das Gesäß und die Schenkel, über die Füße; dann schließt sie die Augen und vertieft diese Bilder; nach einiger Zeit gleitet sie mit offenen Augen mit den Händen über seinen Hals und den Rücken, über die Arme und das Gesäß, über die Schenkel und die Füße; dann schließt sie die Augen und nimmt das Gespürte in sich auf; nach einiger Zeit zeichnet sie ihm mit den Fingern Blumen und Gräser auf die Haut, auf den Rücken und die Schenkel; Kornähren und Herbstzeitlose, Brennnessel und Zittergras; dann prägt sie sich diese Blumen auf seinem Körper ein; nach einiger Zeit öffnet sie die Augen und beendet die Meditation.

Meditation E

Der Mann liegt unbekleidet auf dem Rücken, er hat die Augen geschlossen; die Frau kniet nackt neben ihm und betrachtet seinen Körper; sie lässt ihre Augen langsam von oben nach unten gleiten und von dort wieder nach oben; sie schließt die Augen und prägt sich das Bild des nackten Mannes ein; nach einiger Zeit öffnet sie die Augen und streicht mit den Handflächen über sein Gesicht und den Hals; die Schultern und die Arme, die Brust und den Bauch, die Oberschenkel, die Unterschenkel und die Füße; zuletzt streicht sie sanft über sein Geschlecht; dann schließt sie die Augen und speichert das Ertastete in ihrem inneren Gedächtnis; nach einiger Zeit macht sie die Augen auf und zeichnet dem Mann verschiedene Blumen auf die Brust, den Bauch und die Schenkel; Gänseblümchen und Goldrute, Frauenschuh und Zyklamen, Heckenrosen und Sanddorn; dann schließt sie die Augen und prägt sich den mit Blumen geschmückten Körper des Mannes ein; sie meditiert noch eine Zeit lang, dann öffnet sie die Augen.

Meditation F

Der Mann steht nackt vor der Frau, das Gesicht zu ihr gewandt; die Frau kniet unbekleidet vor ihm und blickt zu ihm empor; sie lässt ihren Blick hochgleiten von seinen

Füßen und Schenkeln zu seinem Geschlecht; sie prägt sich seinen Blütenstängel und seine Goldkugeln ein; dann geht ihr suchender Blick weiter zu seinem Bauch, zu seiner Brust, zu den Armen und dem Gesicht; er hat die Augen geschlossen; ihr Blick gleitet wieder hinunter vom Gesicht bis zu den Füßen; dann schließt sie die Augen und prägt sich sein Bild ein; nach einiger Zeit öffnet sie die Augen und streichelt mit ihren Händen seinen ganzen Körper, von unten bis oben, von dort bis unten; kurz spielt sie mit seinem Geschlecht; dann schließt sie die Augen und speichert das Bild seines Körpers; wenn sie noch Energie hat, kann sie ihm mit den Fingern noch Blumen und Gräser auf die Haut zeichnen; Kornrade und Glockenblume, Phlox und Enzian, Edelraute und Alpenrose; sie schließt die Augen und speichert dieses Blumenbild des Mannes in ihrer Seele; dann beendet sie die Meditation.

Meditation G

Jetzt steht die Frau unbekleidet vor dem Mann, sie wendet ihm das Gesicht zu und schließt die Augen; er kniet nackt vor ihr und bewundert mit seinen Augen ihren schönen Körper; seine Augen gleiten zu ihren Füßen und Waden, zu den Oberschenkeln und zu ihrem Geschlecht; sie gehen weiter zu ihrem Bauch und ihren Brüsten, zu ihren Armen, zum Hals und zum Gesicht, zu ihren Haaren; seine Blicke wandern langsam von oben nach unten; dann schließt er die Augen und speichert das Bild der Frau; nach einiger Zeit öffnet er die Augen, seine Hände streichen über die Haut der Frau; über die Füße und die Schenkel, über ihr Geschlecht und den Bauch, über ihren Busen und den Hals, über die Arme und das Gesicht; wieder schließt der Mann die Augen und vertieft das Ertastete; wenn er noch Energie hat, zeichnet er der Frau mit den Fingern Blumen auf den Bauch und die Schenkel; Gänseblumen und Primeln, Aurikeln und Katzenpfötchen, Kohlröschen und Ochsenaugen; dann schließt er die Augen und lässt den mit Blumen geschmückten Körper der Frau auf sich wirken; dann beendet er die Meditation.

Meditation H

Der Mann und die Frau lieben sich von vorne; sie sind unbekleidet und beginnen, einander zu streicheln und zu küssen; der Mann kniet sich vor die Frau und beginnt, ihren Bauch, die Schenkel und den Schoß zu küssen; sie legt sich vor ihm auf eine Matte und öffnet ihre Schenkel; nun küsst er mit seinen Lippen ihre Lotosblüte und ihre Lotosblätter; seine Zunge spielt mit ihrem Kitzler und gleitet in ihre volle Blüte; dann gleitet der Mann mit seinem Blütenstängel sanft in ihre duftende Rose, er bewegt sich langsam, dann beginnt er, darinnen zu tanzen; beide erleben himmlische Kräfte; wenn sie müde sind, bleiben sie bei einander liegen; sie verschlingen ihre Körper in einander.

Meditation I

Der Mann steht nackt vor der Frau, sie kniet unbekleidet vor ihm; sie streichelt mit ihren Händen seine Schenkel und seinen Bauch; dann nimmt sie seinen Liebesstängel in ihre Hände und macht ihn groß; sie streichelt seine

Goldkugeln und küsst den Lotosstängel an seiner Spitze; sie nimmt ihn kurz in den Mund; dann dreht sie sich um und wendet dem Mann ihr Gesäß zu; sie spreizt ihre Beine und er dringt mit seinen Liebesstängel in ihre heiße Lotosblüte; wieder tanzt er in ihrem Blütenkelch einen Tanz der Engel; er denkt an die großen Götter und Göttinnen der Liebe; wenn beide ermatten, legen sie sich auf die Matte und bleiben eng umschlungen liegen.

Meditation J

Jetzt stehen sich zwei Frauen unbekleidet gegenüber, sie beginnen, einander sanft zu streicheln; ihre Hände gleiten über ihre Gesichter und Schultern, über ihre Brüste und ihre Schenkel; sie berühren einander zart in ihrem Geschlecht; dann legt sich eine der Frauen auf den Rücken und öffnet ihre Schenkel; die zweite Frau küsst wild ihre Brüste und den Bauch; dann tastet sich ihr Mund in die geöffnete Lotosblüte; sie saugt an den Lotosblättern, ihre Zunge spielt mit dem Kitzler; beide lieben einander lang und intensiv; nach einiger Zeit wechseln die Frauen die Rollen, die bisher aktive Frau legt sich mit geöffneten Schenkeln hin; die andere Frau küsst intensiv ihre rote Tulpe und ihren Blütenkelch; beide denken an die großen Göttinnen, die ihnen dieses Liebesspiel zeigen; dann liegen sie ermattet eng umschlungen beieinander.

Meditation K

Jetzt stehen sich zwei Männer unbekleidet gegenüber, sie beginnen, einander ihre Körper zu streicheln; ihre Hände gleiten über das Gesicht und die Haare, über die Schultern und die Brust, über die Arme und den Rücken, über den Bauch und das Geschlecht, über die Schenkel und die Füße. Der eine Mann kniet sich nieder und streichelt mit den Händen die Schenkel und den Bauch des anderen; er streichelt seine Goldkugeln und seinen Liebesstängel; er nimmt ihn in den Mund und küsst ihn; dann dreht sich der andere Mann um und hält ihm sein Gesäß hin; der aktive Mann gleitet in dessen After; sie lieben sich eine Zeit lang; dann wechseln sie die Rollen und beginnen das Spiel von vorne; wenn sie müde sind, liegen sie eng umschlungen beieinander.

Meditation L

Viele Männer meditieren regelmäßig das Bild der weiblichen Vulva, geschlossen oder leicht geöffnet; mit Schamhaar bedeckt, oder ohne Schamhaar; sie erleben dabei sehr zärtliche Gefühle; sie spüren die Verletzbarkeit der Frauen; und sie denken voll Dankbarkeit, dass sie aus dieser Vulva geboren wurden (wenn nicht durch Kaiserschnitt); sie denken, dass sie mit ihrem Blütenstängel in diese Rosenblüte eindringen können; sie erleben dabei Vertrautheit und Zuneigung; Ängste und Abwertungen werden abgebaut; Manche Männer, aber auch Frauen meditieren täglich 3 bis 5 Min. vor dem Wunder der weiblichen Vulva; von alten Kulturen (Afrika, Alter

Orient) wird berichtet, dass die Frauen den Männern ihren Schoß zeigten, um sie von Zorn und Kampflust zu beschwichtigen.

Meditation M

Nicht wenige Frauen meditieren regelmäßig das Bild der männlichen Geschlechtsorgane; zunächst in der Variante des hängenden Penis; sie sehen ihn mit zärtlichen Augen und wollen ihn in den Händen bergen; oder in der Variante der Erektion; sie sehen den großen Liebesstängel, der regelmäßig oder oft in ihren Schoß eindringt; sie spüren dessen Kraft und Bewegung; sie denken daran, dass sie durch diesen Liebesstängel im Schoß ihrer Mutter gezeugt wurden; sie sehen die Goldkugeln des Mannes, in dem die Samenzellen gebildet werden; damit entsteht Vertrautheit, viele Frauen bauen dadurch Angst ab; nun können auch Männer dieses Bild meditieren und vertiefen; es ist ein Urbild der Lebenskraft.

Schlussbemerkung

Diese erotischen Bilder und Szenen können in vielen Variationen meditiert und vertieft werden. Es können dafür Bildvorlagen und Fotos verwendet werden, aber auch erotische Filme und weiche Pornografie; diese Bilder können aber auch aus der Erinnerung abgerufen werden. Allerdings werden unsere Bilder der Erinnerung immer schwächer, wir brauchen einfach die regelmäßige Aufladung dieser Bilder. Je nach unserer Lebensgeschichte sind unsere Vorlieben für diese Bilder verschieden, aber es sind Bilder des Lebens und der Vitalität. Alle diese Bilder können unsere innere Lebenskraft und unsere Lebensfreude steigern; und wir können diese Bilder von der Jugend bis ins hohe Alter meditieren. Wenn wir davon Gebrauch machen, werden wir erkennen, dass Erotik und Sexualität die schönsten Geschenke der Natur oder eines Gottes an uns Menschen sind. Erotische Menschen können mit innerer Begeisterung durch das Leben gehen und viele Probleme lösen.

LITERATUR

G. Parrinder:
   Sexualität in den Weltkulturen.
   München 1990.

Anton Grabner-Haider/Franz Wuketits:
   Erotik und Religion.
   Aschaffenburg 2017.

Anton Grabner-Haider:
   Die Gärten der Venus. Schlüsseltexte der
   Erotik in Indien, Israel und Europa.
   Neu-Isenburg 2020.

K. Löwith:
   Die Sprache der Sexualität.
   München 1995.

W. Schubart:
   Religion und Eros.
   München 1994.

M. Moeller:
   Die Liebe ist ein Kind der Freiheit.
   Reinbek 1999.

Ashley Thirleby:
  Das Tantra der Liebe.
  München 2006.

Alex Comfort:
  Tantra of Sex. Die vollkommene Kunst des Liebens.
  München 2008.
  Kama Sutra. Die indische Liebeskunst.
  München 2010.

Anton Grabner-Haider:
  Sexualität und Religion.
  Wien 2005.

Der Autor

Hans Walder wurde 1940 in Pöllau geboren, wo er die Volksschule besuchte. Nach der Matura studierte er Theologie und Philosophie in Graz, Tübingen, Bonn, Münster und Wien. Er war als Übersetzer und Lehrbeauftragter an der Universität tätig. Der Autor hat schon mehr als 40 Bücher verfasst, die in 12 Sprachen veröffentlicht wurden. Seine Freizeit widmet er dem Sport und der Musik.

novum VERLAG FÜR NEUAUTOREN

Der Verlag

> *Wer aufhört
> besser zu werden,
> hat aufgehört
> gut zu sein!*

Basierend auf diesem Motto ist es dem novum Verlag ein Anliegen neue Manuskripte aufzuspüren, zu veröffentlichen und deren Autoren langfristig zu fördern. Mittlerweile gilt der 1997 gegründete und mehrfach prämierte Verlag als Spezialist für Neuautoren in Deutschland, Österreich und der Schweiz.

Für jedes neue Manuskript wird innerhalb weniger Wochen eine kostenfreie, unverbindliche Lektorats-Prüfung erstellt.

Weitere Informationen zum Verlag und seinen Büchern finden Sie im Internet unter:

www.novumverlag.com